AF166172

Playlist

Linger, The Cranberries

Push it, Garbage

Castle, Halsey

Supermassive Black Hole, Muse

The Call of Ktulu, Metallica

Iris, Goo Goo Dolls

Rammstein, Du hast

Sweet Dreams, Marylin Manson

Superbeast, Rob Zombie

Kiss from a Rose, Seal

F**kin' Perfect, P!nk

SOMMAIRE:

Prologue

Chapitre 1: La claque…

Chapitre 2: L'exploration

Chapitre 3: Un club pas comme les autres

Chapitre 4: Etape suivante

Chapitre 5: Je peux… ou pas.

Chapitre 6: EUX

Chapitre 7: La mélodie du bonheur… de la corde.

Chapitre 8: Testeuse de banc

Chapitre 9: Les secrets de Paris……………………………………

Chapitre 10: Garder une trace……………………………………..38

Epilogue...42

Remerciements...44

Prologue

Il paraît que les années passent vite quand on s'amuse. Et je trouve que c'est vrai !

Il se trouve que nous en avons bien profité ces dernières années, et pas seulement grâce au libertinage.

Finalement, on ajuste la saveur de notre vie en mélangeant le piment et la routine.

Cet équilibre fragile, nous avons réussi à le maintenir alors qu'autour de nous, au fil du temps, nous avons assisté à une hécatombe parmi les couples. C'est vrai, plus on en rencontre, plus on risque d'assister à des ruptures, mais on ne s'attendait pas à en voir autant dans le milieu libertin.

Tu peux être amené.e à penser que la mort du couple, c'est la routine. J'aurais pu raisonner comme toi avant de démarrer le libertinage, mais avec quelques années d'expérience au compteur, je t'assure que c'est plus compliqué que cela.

Nous avons malheureusement été témoins des ruptures de ceux qui avaient apporté de la nouveauté. Et cette nouveauté, sans être gérée, peut faire s'effondrer n'importe quelle base solide.

Au début de cette « épidémie » de séparations, nous avons eu peur. En fait, *J'AI* eu la frousse, comme d'habitude ! Je ne dis pas que le Viking ne craint rien mais, sur ce sujet, il est plus résistant.

J'ai cherché à comprendre. Qu'est ce qui a cloché ? À quel moment leur vie a-t-elle basculé ?

Je suis d'accord avec toi, ça ne me regarde pas. Mais avoue qu'à ma place, tu ferais peut-être pareil.

J'ai redouté l'effet de « contagion ». À force de rencontrer des couples qui finissent par se disloquer, allions-nous succomber à cette maladie ? C'est étrange comme réaction, je crois.

Une fois quelques chocs encaissés, et après en avoir pas mal discuté avec Fred, nous nous sommes rendu compte que ce qui cloche, c'est le dialogue. Le vrai dialogue, pas l'absence de paroles qui fait sortir le fameux « qui ne dit mot consent ».

Et, avec encore plus d'expérience, nous arrivons (et c'est encore plus le cas à ce moment même où j'écris) à déterminer quels couples résisteront. Non pas que ce soit un jeu amusant, mais comme nous avons TOUJOURS pour habitude de débriefer après une rencontre, ça finit par faire naturellement partie de nos discussions.

Nous nous sommes rarement trompés. Très très rarement.

Nous savons exactement là où se situe le danger pour certains couples. Parfois, en posant des questions, nous essayons de savoir si les personnes concernées ont conscience de cette absence de vision commune. Il arrive, alors, qu'on reçoive un regard surpris. Certains couples sont persuadés de détenir la vérité sur le libertinage, la vie et leur couple.

Dans ce cas, nous finissons par acquiescer silencieusement, parce que ce n'est pas vraiment correct d'imposer notre vision.

Nous passons un moment avec eux, restons droit dans nos bottes sans jamais nous infiltrer dans d'éventuelles brèches… parce que, qui sait si un jour, la brèche ne sera pas dans notre propre couple ?

Il existe des expériences qui transforment à jamais. Celle que je vais te raconter aujourd'hui est l'une d'entre elles…

Chapitre 1 : La claque...

La soirée commence bien, avec ce couple. Pas exactement comme sur les photos, mais de nature charmante et enjouée. Rapidement, nous passons aux choses sérieuses. Lui n'est pas très entreprenant, alors je me charge de lui faciliter la vie. Mon Viking, fidèle à lui-même, commence à jouer avec entrain avec sa nouvelle partenaire.

Il se trouve que Monsieur est plutôt adroit, mais sans plus. Alors, pour ajouter un poil plus de température à ce moment, je décide de jeter un œil sur le duo, et remarque de suite Madame qui supplie mon homme de la prendre. Classique, jusque là.

Je me suis dis qu'elle allait sans doute se jeter carrément sur lui (je n'avais encore jamais vu quelqu'un supplier de cette façon). Il ne me manque plus que le pop corn et un plaid, comme devant Netflix.

Mais non. Elle l'attire fermement vers elle, et pendant qu'il la pénètre, elle place une main au-dessus de sa tête. De l'autre, elle attrape la main de mon homme, et la colle sur sa gorge.

Je vois immédiatement une lueur de stupeur dans les yeux de mon Viking, mais Madame enchaîne en disant :

« Étrangle moi. S'il te plaît. J'adore ça !»

Fred ne bronche pas, mais je me doute qu'il n'est pas spécialement à l'aise avec cette demande.
Malgré tout, il s'exécute. Elle rougit, il relâche soudainement la pression sur sa gorge. Elle reprend son souffle pour articuler :

« Encore ! »

Fred me jette un regard, je hausse les épaules et regarde mon partenaire qui… ferme les yeux, très concentré et s'agitant toujours au même rythme.

Je lance un mental « ben écoute, ça n'a pas l'air de le choquer » à Fred, qui me comprend et continue son jeu avec Madame.

Je recentre mon attention. Il faut que je m'investisse un poil plus dans ce rapport, parce que j'ai une sainte horreur des étoiles de mer et que je commence à en devenir une, à force de fixer la scène d'à côté.

Je regarde Monsieur, en effleurant son torse, je tente de lui proposer un changement de position. Il ne saisit pas.

Je m'ennuie. Je retourne la tête vers Fred et Madame, qui devient de plus en plus rouge.

Mes cervicales me font souffrir, il faut vraiment que je change de position ! Avec un mouvement de bassin, je parviens à déséquilibrer mon partenaire, pour rouler sur le ventre. Il me rattrape de suite pour commencer une levrette, dont je me fiche prodigieusement. Ce n'est pas vraiment ma tasse de thé en temps normal, alors exécutée de cette façon…

Un coup d'œil en arrière, pour voir que Monsieur l'artiste a encore fermé les yeux pour se concentrer sur sa technique, et j'ai le champ libre pour admirer le jeu.

Madame a placé ses deux mains au dessus de sa tête . Elle aime perdre le contrôle d'une façon qui m'est étrangère. Avec une seule main, Fred couvre l'intégralité de sa gorge. Je l'observe crisper ses doigts, puis les relâcher, pendant qu'il la prend. Entre chaque bouffée d'air, elle hurle de plaisir. Elle se cambre au maximum, comme si elle souhaite être complètement privée d'air pendant des périodes de plus en plus longues.

D'un coup, elle attire le visage de Fred près du sien avec sa main. Pendant quelques secondes, les va et vient de mon homme s'arrêtent, je le vois murmurer quelque chose à son oreille, puis reprendre. Il la fait jouir alors qu'il prolonge un peu plus son emprise sur son cou. Elle est tellement rouge, j'ai l'impression qu'elle va étouffer. Lorsque Fred retire sa main, elle exulte sans aucune retenue.

Je jette un œil vers mon partenaire. Les yeux toujours bien clos, il se met à trembler. Il se mord les lèvres, ne bouge plus, puis me regarde enfin. En se retirant, il me sort un magnifique « wouah, c'était cool ». J'en reste bouche bée. C'était… cool ? Oui, dans son monde, ça l'était sûrement, puisqu'il n'a pas une seule fois ouvert les yeux, à partir du moment où il m'a pénétrée.
Je sonde de regard de Fred, impassible . Je sais qu'il n'a pas joui, lui non plus.

D'un coup, il se redresse, puis lance un « wow, il est déjà cette heure là ? Les parents de notre babysitter vont s'inquiéter ! »
Extraordinaire trouvaille que celle-ci ; libertiner à l'extérieur, puis prétexter n'importe quoi pour partir comme bon nous semble.

Nous prenons congé de nos hôtes, Monsieur, sourire béat et Madame, toujours un peu rouge, et filons dans la voiture. Comme d'habitude, c'est notre lieu de débriefing préféré. Je commence les hostilités parce que je suis bien trop curieuse :

« Alors, beau mâle, on essaye d'étrangler sa partenaire?!

- Nan, arrête, dis pas ça... c'est elle qui me l'a demandé .

- Oui, je sais, j'ai entendu. J'avoue que votre spectacle était bien plus croustillant à regarder que le mien...

-Tu t'es ennuyée à ce point ?

-T'as pas remarqué qu'il n'a jamais ouvert les yeux ? Si ça se trouve, il était en train d'imaginer baiser avec... Jennifer Lopez!

- Fermer les yeux n'a jamais empêché personne d'être efficace. Mais certaines demandes...

- Par exemple, celle qu'elle t'a glissé à l'oreille ? »

Fred me regarde, amusé et embêté à la fois.

« - Elle m'a demandé de la gifler...

- Nan, tu déconnes...

- Si, si, je t'assure. Et comme tu l'as vu, je n'ai pas pu.

Il me raconte à quel point il a été difficile pour lui de maintenir une érection correcte. Sa surprise a été déjà totale lorsqu'elle lui a demandé de l'étrangler. Il s'est prêté au jeu, parce que finalement, pourquoi ne pas tester de nouvelles choses. Elle avait lourdement insisté .
Mais il m'avoue qu'étrangler quelqu'un n'est pas si facile. Surtout une femme, et surtout à ce moment-là. Il ne peut même

pas dire si ça lui a vraiment plu, parce que la peur de mal faire ou d'aller trop loin l'empêchait d'apprécier l'instant présent.

« Mais toi, par exemple, tu penses que ça pourrait te plaire ? » me demande-t-il.

Je prends deux minutes pour considérer la question. En fait, je ne me la suis absolument jamais posée. Est-ce que je pourrais aimer être étranglée pendant un acte sexuel ? Je ne sais pas. À première vue, ça me semble absurde, mais après tout…

« - Et bien, je suis incapable de te répondre. Du coup, tu serais d'accord pour tester ça sur moi ? »

Fred rit franchement, comme lorsque j'arrive à le surprendre. Et j'adore déjà ça, juste pour l'avoir provoqué ! Je ne sais pas s'il va le mettre en œuvre dès qu'on va rentrer, lors de notre traditionnel « match retour ». En général, quand on va s'amuser chez des libertins, on remet ça à la maison, en rentrant. Petit rituel depuis la Saint Valentin (cf mon livre Valentine Puissance 2).

Une fois à la maison, il prend le temps de m'enlever le peu de vêtement que je porte avant de m'allonger sur le lit. J'aime quand il me déballe comme un paquet cadeau. J'en serais presque à battre des mains comme lors d'un matin de Noël et j'attends qu'il teste la nouveauté dont nous avons parlé !

Mais Monsieur a décidé de prendre son temps. Je l'ai connu plus rapide dans sa volonté de marquer son territoire… ça me surprend un peu qu'il décide de me déguster de nouveau, lentement, consciencieusement… il a compris que je n'avais largement pas eu mon compte pour aujourd'hui !

Surprise mais docile, je le laisse me découvrir pour la énième fois, en savourant le fait qu'il me connaisse si bien.

Certains se lassent, mais moi non. Quelle chance d'avoir un partenaire qui prend le temps de si bien te déchiffrer ! Je m'abandonne progressivement à la douceur de ce moment.

Sa bouche remonte vers moi. Ses doigts deviennent plus précis. Il arrive jusqu'à mon visage et me regarde d'un air satisfait, jusqu'à ce que je note un petit sourire malin.

C'est le moment qu'il choisit pour me priver d'air. Sa main s'abat, lentement mais sûrement, sur ma gorge. Il referme son étreinte, de plus en plus lourdement.

Angoisse instantanée. Je lui fais confiance, mais c'est comme lorsque tu plonges toi-même la tête dans la piscine ; tu te fais confiance pour remonter, mais si c'est un peu long, tu finis par t'inquiéter.

Il relâche la pression. J'inspire immédiatement, comme folle. Il n'a dû me priver d'air que pendant quelques secondes… Et pourtant, je me sens toujours aussi trempée. Peut-être même un peu plus. Je ne comprends pas, et je ne cherche pas à interpréter puisque mon Viking, loin de se laisser perturber, continue son jeu.

Il fait absolument tout pour déclencher un plaisir violent. Je ne vois plus qu'un monstrueux orgasme se profiler, même lorsqu'il décide de resserrer son étreinte sur mon cou. Doucement au début, puis de plus en plus fort et longtemps, ce jeu d'air ajoute un piment indiscutable au travail de ses doigts.

« Laisse toi aller... »

Les derniers mots, avant un pic de plaisir phénoménal. En me sentant me cambrer au maximum sous sa main qui m'oppresse, Fred décide de relâcher la pression d'un coup, et cet afflux d'air accompagne un cri.

Je ne dis pas que c'est le plus gros orgasme de ma vie, mais l'un des meilleurs .
Je peine à reprendre mon souffle. Fred s'allonge à côté de moi et attend, très satisfait. Où sont donc mes esprits ? Je ne sais pas . Je tente de rassembler ma pauvre cervelle pendant que Fred me pose la question :

« Alors, que penses-tu de l'étranglement ? »

Et bien, mon cher chaton , j'étais à mille lieues de me douter à quel point c'est incroyable .

Je lui raconte, entre deux essoufflements, qu'il a dosé ça à la perfection. C'était grandiose.

Chapitre 2 : L'exploration

Tu dois te dire : *comment ça Leah, juste grandiose ? Tu ne vas quand même pas dire que tu as accueilli le truc, comme ça, sans broncher ? Pour quelqu'un qui se pose tout le temps trente six mille questions, c'est très étrange!*

Aussi singulier que ça puisse paraître, c'est pourtant ce que j'ai fait. Les questions ne sont venues qu'après…

Parce que, forcément, tu te doutes que nous n'en sommes pas restés là. Fred a potassé, et nous avons testé ensemble plusieurs petites pratiques.

Notre première acquisition : une vraie paire de menottes. Je sens poindre en toi une lueur de la déception… *ah bon… des menottes, il n'y a pas plus ordinaire !*
Et bien oui, avec mon Viking, on est prévisibles, quand il s'agit de se mettre à quelque chose qu'on ne connaît pas !

On avait bien en réserve, comme tout vieux couple, une paire de menottes factices. Tu sais, celles qui sont recouvertes d'une fausse fourrure de couleur fluo… le genre de machin qui ne constitue absolument pas une entrave. L'équivalent de la dinette, mais pour grands enfants.
On pensait à quelque chose de plus solide. Alors on a essayé une paire de menottes un peu plus robustes .C'est désagréable, sans être vraiment contraignant.

Ceux qui nous connaissent vraiment vont se dire : *mais je suis sûr.e qu'ils les ont fabriquées.* Banco ! De vieilles pièces d'un cuir très épais, des boucles de ceinture et quelques attaches plus tard, nous avions créé notre première paire d'entraves.

C'est lors de cette occasion que mon cher mari a décidé de pousser un peu plus mes limites en concoctant une soirée surprise.

Avant de rentrer dans la chambre, il me glisse à l'oreille d'enlever mes vêtements, mes bijoux, et de fermer les yeux.

Je m'exécute en tremblant un peu, parce que je sais déjà, au fond de moi, que cette soirée ne ressemblera à aucune autre.
Il me guide au milieu de la pièce et me fait ouvrir les yeux. Je découvre une chaîne, attachée à la tête du lit. Je reconnais nos menottes, un sextoy, et quelque chose de noir que je ne parviens pas à identifier, tout cela sur le matelas.

Fred capte mon regard et me demande si je souhaite garder les yeux fermés. Ce sera oui. Depuis la Saint Valentin, j'ai découvert des vertus à les garder clos. Qui voit moins interprète moins.

Il me passe un foulard autour des yeux puis m'assoit sur le bord du lit. Avec délicatesse, il boucle chaque menotte autour de mes poignets puis, après m'avoir allongée, tend mes bras vers la chaîne.

Clac. Clac. Deux mousquetons. J'ai une petite poussée d'adrénaline qui me fait essayer de tirer sur mes liens. Ils sont beaucoup plus solides que d'habitude et je sens l'appréhension monter d'un cran.

Je sais que je peux tout arrêter en un instant Mais je ne veux pas m'en tenir là. Ma confiance envers lui reste totale.

Au pire, si je n'aime pas… alors tant pis. Et si j'aime…

Le fil de mes pensées est interrompu par le contact de ses mains sur mon corps. Pour l'instant, rien de bien nouveau…en fait, si. C'est comme si je redécouvrais ses caresses. Le fait d'être attachée, clairement en position de faiblesse, me fait ressentir les choses différemment. Est-ce aussi à cause de la privation d'un sens ? Je n'arrive pas à le savoir.

Il commence le même jeu que la fois précédente. Ses doigts experts prennent possession de mon intimité, alors qu'il commence à m'étrangler progressivement.
Tout de suite, je sens le désir monter. C'est encore plus intense. J'en arriverais même à plaquer sa main plus fort sur mon cou, si les miennes étaient libres de leurs mouvements.
Du même coup, je découvre que la frustration de ne pas pouvoir le faire est terriblement excitante.

Alors que je crois m'abandonner à un orgasme violent, Fred arrête tout. Je ne sens plus rien. Ni ses doigts, ni la pression sur mon cou.
Les secondes s'égrènent. Mais bon sang, que fait-il ? En riant à moitié, je me remémore un film dans lequel un type reste attaché au lit, alors que sa maîtresse part précipitamment.
Ca, en revanche, ça ne m'excite PAS DU TOUT !!

Clac, clac. De nouveau les bruits des mousquetons.

« Mets toi à quatre pattes »

Je m'exécute. Je sens passer son doigt le long de ma colonne vertébrale, zone très sensible chez moi. Il me reste encore un peu de lucidité pour penser que je n'ai aucune idée de la suite du programme, dans cette position.

Fred empoigne mes fesses. Il les masse, très gentiment, tout en prenant soin de mon intimité, jusqu'à ce que … CLAC !

Oh la vache, je ne l'avais pas vue venir, celle là !! Je sens déjà ma fesse rougir sous la claque donnée par la grande main de mon Viking.

Puis il recommence le même jeu. Je me sens… déboussolée. Je sursaute à chaque fessée mais je monte aussi en température, inexorablement. Je ne comprends strictement rien à mes réactions. Alors, pour l'une des rares fois dans mon existence, je me contente d'être spectatrice de mes émotions, sans jugement, sans analyse.

Le rythme s'intensifie et la chaleur dans ma fesse devient douce et subtile, contrairement à ce que je pensais. Le feu est ailleurs, je remue au rythme de ses doigts d'une façon parfaitement indécente.

Il me retourne d'un coup sur le dos. Sans avertissement, il prend totalement possession de moi en appliquant une main puissante sur ma gorge.

Mes hormones se déchaînent. Je dois même en évacuer par la transpiration, je sens l'air comme saturé par mon orgasme.

Nous jouissons ensemble, bruyamment. Fred relâche la pression de ma main sur ma gorge, je cherche de l'air et là….

Angoisse absolue. Mes poumons refusent de se remplir. J'étouffe, alors que plus aucune pression ne me contient. La panique ravage mon esprit. Je regarde Fred, d'un air désespéré, qui s'est redressé immédiatement et me regarde, concentré.

De très loin, j'entends un « essaye de caler ta respiration sur ma voix. 1, 2... »

Je ne peux pas. L'air est partout, pourtant je suis incapable d'en absorber. Ma main, que j'ai posée précipitamment sur ma poitrine, ne bouge pas. La terreur monte encore plus. Mais nom d'un chien, qu'est ce qui m'arrive ?

Fred a pris ma main dans la sienne, je l'entend parler mais comprends à peine ce qu'il dit. Une larme roule sur ma joue...Et j'inspire enfin, en déversant un torrent de pleurs.

Fred me prend dans ses bras. Il me caresse les cheveux, et je me mets en boule contre lui. Il attend patiemment que je me calme avant de me demander :

« - Est-ce que ça va ?

- Oui, maintenant, oui. Je ne sais pas ce qui s'est passé. Je ne peux pas expliquer pourquoi j'ai été prise de panique comme ça. Je suis désolée .

-Ne le sois pas. J'ai eu peur, et je me sentais mal de ne pas pouvoir t'aider. »

Moi aussi, je me sentais mal de m'être donnée en spectacle comme ça… et pourtant, ce n'était pas du spectacle. C'était ma façon de gérer le truc, sans filtre. Si je ne peux pas le faire devant Fred… devant qui, alors ?

Mon souffle commence enfin à revenir, et je me sens étrangement très bien. Je savoure la nouveauté d'absence de poids dans ma poitrine. Ou plutôt, elle me fait réaliser à quel point je peux être en apnée la plupart du temps. La paix qui m'envahit ne ressemble à rien d'autre de ce que j'ai pu connaître auparavant.

On donne aux pleurs un effet apaisant, comme une soupape , surtout pour les hypersensibles comme moi. Ici, l'effet est bien plus libérateur.

Fred s'est renseigné, après cet épisode. Il ne me l'a pas dit, mais il gardait tout de même une petite appréhension. Il se trouve que chez certaines personnes, les orgasmes violents se gèrent de cette façon, faisant remonter et évacuer du stress ou des expériences stressantes.

Forte de cette explication, j'ai décidé d'accepter cette réaction, et de profiter au maximum de ce   bien-être qui en découle.

Je ne cherche pas pour autant à atteindre cet état second à chacun de nos rapports.

On peut dire qu'avec Fred, on n'a pas ménagé nos efforts dans tous les tests qu'on a pu faire à partir de ce moment. De nouveaux accessoires, de la maîtrise de la dose d'étranglement… mais aussi des moments simples, comme avant. Ce n'est pas parce qu'on a trouvé un nouveau jeu qu'il faut en mettre à toutes les sauces sur le tapis ! (les vrais auront la référence!)

J'ai eu quelques fois l'occasion de manquer d'air, de faire des crises de larmes, et de savourer la paix apportée par ce relâchement total.

Long fleuve tranquille, me diras-tu ? Certainement pas ! On se programmait juste un nouveau défi…

Chapitre 3 : Un club pas comme les autres

Pour une énième virée en région parisienne avec mon Viking, on s'est dit : tiens, pourquoi ne pas tenter un club BDSM ? On pourrait peut-être y apprendre des choses.. par exemple, le maniement précis d'une cravache (lui comme moi ne sommes pas trop fans d'équitation), les bonnes pratiques pour un étranglement, etc...

Je crois qu'on a toujours été comme ça. On aime savoir de quoi on cause, sur quoi on peut s'engager, et progresser.

Nous voici donc partis en quête du club qui nous apprendra les codes de ce monde. On se croirait revenus à nos débuts libertins (cf mon livre Le Crash Test)… aussi fébriles, enthousiastes et excités.

Le choix se révèle moins grand en matière de BDSM qu'en matière de club libertin classique. Nous avons bien vu des soirées BDSM dans les clubs libertins mais, quitte à apprendre, autant le faire avec des spécialistes.

Au cours de nos recherches, nous tombons sur la page internet d'un club, dont le nom est extrêmement équivoque : Cris et chuchotements. Rien que le titre m'angoisse légèrement et le sourire en coin de Fred trahit qu'il n'est pas aussi à l'aise que d'habitude !

Les photos du lieu nous mettent instantanément le cul entre deux chaises ; « mais c'est magnifique ! » « wow le matos... ». Et ce qui arrive à chaque fois qu'on débute : une curiosité galopante.

Je te passe les détails sur la préparation de cette soirée parce que tu commences à me connaître. Tu sais quelles pensées m'animent, quels rituels j'emploie pour essayer de traverser ça avec une certaine contenance. Et mon hamster dans sa roue qui lui, n'a jamais d'orgasme intense pour lui couper la parole…

Juste une petite mention spéciale concernant nos tenues, parce que, cette fois, je ne suis pas la seule à me demander comment m'habiller .

Fred s'est fait des nœuds au cerveau. Je te rassure, pas plus de dix minutes, mais c'est suffisant pour le souligner !

Alors, qu'est ce qu'on met pour se pointer dans un milieu qu'on ne voit que par le biais des clichés les plus sordides ? Fred opte pour le costume noir passe partout avec une chemise rayée . Oui, parce que la soumise, c'est moi et le string en vinyle avec le pantalon ouvert au niveau des fesses, il le sent moyen.

Pour ma part, j'ai énormément hésité. Je n'ai pas envie d'investir beaucoup pour une tenue qui, dans le pire des cas, ne servira qu'une fois. J'ai opté pour une robe en vinyle noir, simple à enlever, et des bas noirs autofixants.

Je vais sans doute être identifiée comme « pas une vraie », mais il me semble que… ça me protègera, sans doute. De quoi ? Impossible d'y répondre. Autant que je m'en souvienne, je n'ai jamais vu de faits divers du genre « un gang de sado maso enlève des personnes novices et les séquestrent, avant de les enterrer, démembrés dans une forêt ».

Ça n'empêche que, lorsqu'on pousse la porte massive de Cris et Chuchotements, on n'en mène pas large tous les deux.

La pièce principale ressemble à une cave, mais classe. Des pierres apparentes impeccable, un bar bien tenu, du mobilier entretenu… le « Wow » est là. Nous nous concentrons à présent sur les gens qui évoluent dans cet endroit.

Ils sont très… différents. Quelques hommes en costumes, de tous âges, sont répartis un peu partout. Une très grande personne, dont il est impossible de savoir le genre, trône au centre, vêtue en intégralité de latex, cagoule comprise.

Une femme le regarde depuis le bar. Elle tapote ses doigts autour de son verre à moitié vide avec une expression indéfinissable sur le visage. Quelque chose entre la cruauté, le désir, la moquerie et des plans diaboliques.

Un homme est assis par terre, en tenue de soubrette, aux pieds d'un couple aux visages fermés.

Nous passons notre chemin pour faire un tour dans les pièces attenantes qui sont reliées entre elles par des couloirs très étroits. Nous croisons quelques hommes et lorsque nous arrivons dans la dernière pièce, Fred est surpris par mon expression de stupeur.

Ce n'est pas le contenu des lieux qui me surprend. On y a trouvé ce qu'on est en droit d'attendre : des accessoires, des croix de saint André, des bancs à fessées, des toiles d'araignées en chaîne. Jusque là le cliché tient bon.

J'explique alors à Fred que, lorsque nous avons traversé les couloirs et croisé des hommes, aucun ne s'est permis de me toucher. Ni même de m'effleurer sans faire exprès, vu l'étroitesse du lieu. Chacun d'entre eux s'est aplati contre le mur pour me laisser passer.

Et j'avoue que je découvre cette situation. En club libertin, il n'est pas rare qu'au détour d'un couloir sombre, une main « s'égare » sur une de mes fesses. Sur la piste de danse également.

Certains préjugés sont tenaces. Je sais que, « techniquement », rien ne peut m'arriver, mais la peur demeure présente. Finalement, le respect s'impose partout.

Nous revenons dans la salle principale, où les personnes semblent s'animer. Et quelle animation... on était très loin de s'imaginer assister à ce genre de scène un jour.

Chapitre 4 : Etape suivante

Je me mets immédiatement à chercher la main de Fred. Je n'ai plus peur mais… le contact me donne une contenance.

Au milieu de la pièce, la personne entièrement vêtue de latex est à genoux à même le sol. Son regard fixe quelque chose.. peut-être un trou entre deux lattes de parquet, ou les chaussures de la personne qui se tient devant elle.
La bouche légèrement entrouverte , elle respire difficilement. Son torse se soulève à peine, et c'est la seule partie de son corps qui bouge.

Juste derrière elle, une femme attend, une main sur la hanche. En la regardant, je comprends immédiatement que c'est elle qui a le dessus. Une lueur maligne brille dans ses iris.
Sa présence inspire tout de suite le respect ou le malaise. Ou les deux combinés.
Un frisson me parcourt. Je n'ai pas peur pour moi, mais pour son soumis, que j'ai plutôt envie de qualifier de future victime.

Elle caresse les longues lanières d'un martinet, fabriqué dans un cuir de très bonne qualité. Un pommeau en métal brille sur son sommet.
Chaque lanière est fine mais épaisse. Au fur et à mesure qu'elle soulève chaque bandelette et que chacune retombe, un léger claquement se fait entendre. En dehors de ce son, tout dans cette pièce est silencieux. Même la respiration du soumis, avec sa difficulté, fait moins de bruit.

Elle s'approche alors de lui, et laisse traîner les lanières dans son dos. Il ne bouge pas. Puis, d'un coup, sans prévenir, elle lâche son arme sur lui, abattant la puissance du martinet de toutes ses forces.

Je retiens un cri de surprise en comprimant la main de Fred. Le soumis, lui, n'a pas bronché. Impossible, de là où nous sommes, de capter son regard. Pour me rassurer, j'aurais voulu y voir une lueur de plaisir. Ou surtout ne pas y croiser de peur, ou de douleur.

Dans ma tête, le hamster rigole, dans sa roue. Besoin de TE rassurer ? *Mais enfin, Leah, c'est ce pauvre type qui subit, pas toi !*

Le martinet claque de nouveau. Et cette fois-ci, la dominante ne compte pas s'arrêter à un coup.

Le soumis essuie une véritable tempête. Chaque impact résonne de plus en plus fort dans la pièce.
Elle enchaîne les jeux de bras, les effets virevoltants et augmente de plus en plus la puissance.
Elle s'acharne sur le dos du soumis qui tombe finalement à quatre pattes, laissant à portée ses fesses, qu'elle s'empresse de malmener de la même façon.
J'hallucine à chaque bruit. Mes yeux s'agitent comme à Roland Garros; soumis, domina, soumis, domina.

Je ne sais pas ce qui m'impressionne le plus : la force de la domina, la résistance à la douleur du soumis, la solidité du martinet et du vêtement en latex… je suis choquée.
Tous les clients se sont rassemblés autour de cette scène et pas un ne prononce un mot.

J'observe le regard de ceux qui sont à ma portée. Il y a cet homme, en costume, qui contemple avec un léger sourire. Un autre qui détourne les yeux pour observer la serveuse, derrière le bar. Un couple dont lui, certainement dominant, étudie chaque mouvement . À ses pieds, sa soumise, à genoux, le scrute avec une lueur d'admiration.

Pendant des minutes qui semblent interminables, la représentation continue. Pas une seule fois le soumis ne fait mine de craquer, et pas une seule fois le bras de la domina ne faiblit. Ses yeux sont à présent… effrayants. Elle les écarquille jusqu'à la limite. Dans son iris, l'expression ultime… du plaisir, comme si elle était en plein orgasme. C'est incroyablement déroutant. Elle assume pleinement le plaisir qu'elle a à infliger de la douleur à cet être humain. Mais l'est-il seulement, à ses yeux ? Je l'ignore, et je ne me vois absolument pas poser la question. J'ai peur, parce qu'elle m'impressionne beaucoup, et que je ne voudrais pas passer pour une newbie. Ce que je suis, pourtant. C'est fou ce que l'égo peut empêcher d'apprendre.

Je me sens tiraillée. Je juge, mais je m'en veux. De quel droit ? Le soumis n'est pas attaché. Il est libre de ses mouvements, de dire stop quand il veut. Que se passe-t-il donc dans sa tête ? Et elle… elle fait preuve d'une rare cruauté… mais quand je dis rare, qu'est ce que j'y connais en fait ? C'est la première fois que je me pointe dans ce genre de club et je commence à émettre des jugements comme si je fréquentais ce milieu depuis dix ans. La vérité, c'est que mon illégitimité devrait m'empêcher de condamner ce qu'il se passe.

Sur ces entrefaites, le patron du club quitte le bar et vient s'adresser à la domina. Nous sommes suffisamment proches pour entendre :

« Ecoute Frida, ralentis un peu ok ? Tu vas finir par faire fuir les nouveaux clients, là... »

Elle s'arrête immédiatement. Elle gratifie le soumis d'une gratouille sur la tête, lui susurre quelques mots à l'oreille que nous ne percevons pas, puis tourne les talons.

On se regarde avec Fred, incrédules, jusqu'à ce que la domina revienne vers son soumis, avec une écuelle à la main. Elle la pose par terre, sans un mot, puis retourne à son verre qui l'attend. Son soumis boit, reconnaissant, à même le sol.

Sérieusement?! Il a sans doute dépassé ses limites, et sa récompense… est de l'eau dans une gamelle ? Là, ça dépasse mon entendement.

Fred me regarde et commence à rire, en me disant :

« Je crois que ça, c'est clairement pas pour toi, Leah…

-Haha, très drôle. Nan, très sérieusement, ça ne m'excite pas du tout. Et toi ?

- Non plus. Je préfère quand tu es à moi d'une autre façon. »

Immédiatement, mes joues rosissent, lorsque je me rends compte de l'effet que produit sa phrase. Je savoure chaque seconde de la décharge d'adrénaline qu'elle provoque.

Il me sourit, en me tendant la main. Je lui rend son sourire en lui offrant la mienne. Parfois, on arrive à communiquer sans parler. Il m'entraîne vers la salle la plus lointaine de la pièce principale.

On ressemble à deux ados sur le point de faire une bêtise, courant presque dans le couloir.

Nous entrons dans une alcôve avec un banc à fessée, une croix de saint André accrochée au mur du fond, et un fauteuil Louis XV.

Je sais déjà sur quel objet il a jeté son dévolu ; il a passé sa main dessus tout à l'heure, afin d'en apprécier la solidité.

D'une petite tape, il me fait deviner sa volonté de m'installer. J'observe le meuble d'un air circonspect, essayant de deviner la position dans laquelle il faudrait que je me cale.

Mon Viking m'y aide avec une joie débordante ; il me fait placer les deux genoux sur les accoudoirs de devant, le buste sur le plateau et les avant bras sur les accoudoirs restant. Pendant qu'il attache les sangles, je pense au fait que c'est la première fois de ma vie que je me retrouve ficelée à un banc à fessées.

Plutôt confortables, les accoudoirs sont rembourrés ainsi que le plateau. Les sangles vont sans aucun doute m'empêcher de me soustraire au jeu et je trouve ça excitant. Bien plus que la soumission ostentatoire et assumée et c'est finalement tout aussi bizarre, quand j'y pense. J'ai besoin d'une certaine dose de… contrainte.

Alors, maintenant que je ressemble à un rôti… qu'est ce qu'on fait ? Je jette un œil à mon homme, qui est visiblement très satisfait de cette position, d'autant plus que ma robe ne couvre absolument pas mon fessier et que, bien évidemment, je ne porte pas de culotte.

Je le sens faire le tour du… propriétaire. Il commence à m'effleurer le dos, gentiment, puis avec ses ongles, le long de ma colonne vertébrale. Il sait à quel point ça me fait frétiller, ce qui est d'autant plus drôle que seules mes fesses peuvent se secouer légèrement.

J'apprécie ce moment malgré l'appréhension parce que, même avec un peu de pratique, j'ai toujours peur. Je commence à comprendre que cette peur de l'impact fait partie du jeu et que cette peur est aussi excitante que l'impact lui-même. Y a t-il une logique là-dedans ? J'en doute. L'esprit humain est diablement compliqué et le mien sans doute encore plus que certains de mes semblables.

La première fessée me fait sursauter. Heureusement que je suis bien attachée, sinon je suis quasiment sûre que je me serais écroulée par terre, avec la grâce d'un éléphant qui essaye la danse classique. La claque n'est pas très forte, pourtant je sens ma peau chauffer immédiatement.

La deuxième ne tarde pas, et la chaleur se transforme en brûlure, puisqu'il a visé au même endroit.

Je me pose la question de savoir combien je vais pouvoir en supporter ce soir . Quelle question... Ce n'est pas un concours ! Quoi que c'est peut-être un concours avec moi-même. Va-t'il y avoir un moment où je vais devoir stopper le jeu parce que je n'arriverai plus à supporter la douleur ? Fred va t'il s'arrêter avant , parce que sa conscience se réveille ?

Chapitre 5 : Je peux... ou pas.

En parlant de ça, mon mari est quelqu'un d'adorable mais il se trouve qu'il possède un trait de caractère particulier. Il n'éprouve pas de compassion. Même pour moi. Ce n'est pas qu'il n'en a rien à carrer de la douleur des gens, mais il ne la partage pas, il ne l'absorbe pas. Je crois que c'est l'une des seules personnes que je connaisse qui est capable de t'écouter vraiment, mais sans compatir un tant soit peu à ta douleur.

Ça paraît horrible, comme un vilain défaut. Parfois, j'avoue avoir été tentée de penser de cette façon. Mais j'ai été trop envieuse de son détachement pour le blâmer. J'aurais aimé en avoir un peu, afin de moins souffrir avec les innombrables personnes qui m'ouvrent leur coeur. Quand on y réfléchit, compatir ne sert pas à grand-chose, seulement à paraître plus « gentil ». Et on sait ce que ça donne... l'adage « trop bon trop con », même les jeunes le connaissent. C'est intemporel.

Concernant Fred, ce n'est pas parce qu'il ne compatit pas qu'il ne t'aide pas à trouver des solutions à tes problèmes. Au contraire, parce que, lorsque la majorité d'entre nous se complaît dans son problème, l'absence de sentiment apporte une lucidité extrêmement utile.

C'est hallucinant d'imaginer une hypersensible avec quelqu'un qui ne compatit jamais. Ca occasionne parfois des disputes, les seules, parce que je le juge incapable de savoir ce que je ressens, et quand il ne comprend pas pourquoi tout m'atteint toujours de plein fouet.

Donc, pendant que je pense à son absence de compassion, je me rends compte qu'il est devant moi, et qu'il attend. Je tente de lever les yeux pour essayer de capter son regard, mais la position m'est clairement inconfortable. Il le remarque, se penche, et me demande si ça va.

Je grogne un peu, me préparant à protester que je ne le vois pas et que je vais finir avec un torticolis si je ne change pas de position. Il décide alors, contre toute attente, de dégrafer son pantalon. Et il se trouve que, sans effort d'aucun d'entre nous, il est rudement bien placé pour commencer les hostilités avec ma bouche.

J'oublie mes crampes, et commence à m'occuper de lui. D'un coup, l'envie lui prend de passer derrière moi. La claque qu'il m'assène sur la fesse me surprend, à un moment où j'espérais obtenir un retour beaucoup plus agréable et sensuel de sa part. La chaleur se diffuse lentement au cœur de mon muscle en s'accompagnant d'un fourmillement pas si désagréable que ça. Je me sens fichtrement perdue. Connectée à mon corps, mais pas vraiment. Est-ce bien ce que je veux ?

Mes pensées, que je pensais figées par la douleur, reviennent au galop. L'angoisse m'étreint, est-ce que quelqu'un me regarde ? Ou pire, me regarde ET me juge ? Je ne suis pas en mesure d'assumer ça, enfin pas pour le moment. C'est trop tôt, trop nouveau… trop tout court.

Les battements de mon cœur s'emballent. Il y en a, me semble-t-il, beaucoup plus que de raison en une seule minute. Je ne parviens pas à réaliser si je respire correctement ou non. Je sens une goutte de sueur dévaler mon front tandis que la paume de ma main se rappelle à mon bon souvenir, à cause de mes propres ongles, plantés dedans.

Le malaise gagne du terrain au fur et à mesure que je dresse le bilan mental de toutes ses manifestations. La main de Fred se pose sur celle qui n'en peut plus de serrer quelque chose d'inexistant.

La sangle glisse sur mon poignet, mais je ne ressens que la morsure de mes ongles. Mes tempes qui battent la mesure d'une danse diabolique. Mon corps qui se liquéfie.

Il me détache mais je ne bouge pas parce qu'aucun membre ne semble répondre à mes ordres. Il faut dire que je ne suis pas certaine d'en avoir donné, je suis concentrée sur mon angoisse montante.

Fred me décolle lentement du siège, et m'assoit à ses côtés sur une banquette. Un homme qui était présent s'en va immédiatement, ce dont je lui suis très reconnaissante. Je remarque le visage très attentif de mon Viking. Il ne panique pas. Il ne panique pratiquement jamais. Il est juste concentré, guettant sans doute un signe de dangerosité imminente.

J'aurais aimé lui décrire exactement ce que je ressens, mais pour une fois les mots me manquent. Son inquiétude vient sans doute de là, parce que, d'habitude, je ne suis pas la dernière pour trouver mille façons d'exprimer la même chose.
Un seul mot dans ma bouche : « Désolée » . Et je m'énerve, car je ne veux pas m'excuser, mais juste le rassurer sur mon état, et surtout lui éviter la culpabilité, ce qui est sans doute trop tard.

Je sais qu'il sait, mais qu'il aurait besoin d'entendre autre chose. On a toujours besoin d'entendre l'évidence, dans les moments de stress.

Après m'avoir longuement étreinte, il m'escorte jusqu'au vestiaire, où nous reprenons nos affaires avant de quitter le club.

Marcher un peu jusqu'à notre voiture me fait du bien. Lorsqu'on marche, les émotions redescendent. Le calme se fait, peu à peu. La tempête de l'esprit ou l'enthousiasme retombent pour laisser juste place au calme, et à la concentration.

Je choisis ce moment pour revenir sur cette soirée et tenter d'analyser ce qui s'est passé.
On ne peut pas rester là-dessus, je le sais, c'est le meilleur moyen pour tout foutre en l'air. Je dois absolument communiquer ce qui m'a plu et ce que je n'ai pas supporté.

Comme d'habitude, je sais que Fred ne m'influencera pas. Il voudra que je parle avant de me donner son propre avis. Quelqu'un dans mon genre a l'habitude de toujours tout analyser et de poser des mots sur les ressentis, alors la déroute à laquelle je fais face m'inquiète. Par quel bout commencer ? Pourquoi ai-je ressenti une telle angoisse ? Pourquoi mon corps ne me répondait plus ? Pourquoi m'excuser ?

La promenade ne va sans doute pas tout éclaircir, mais j'aimerais qu'un minimum de lumière entre dans mon cerveau.

Allez, Sherlock, en avant, on mène l'enquête !

Je crois que j'ai été surprise, en réalité . C'est le défaut des gens qui ont tendance à essayer de tout prévoir.

Alors, on commence à parler. Surtout moi. Je démarre en disant que je suis désolée d'être désolée. Seules certaines personnes vont comprendre de quoi je parle !

Je fais part de mon sentiment à Fred de m'être sentie submergée par mes émotions. Je n'arrive pas à faire le tri, est-ce de la peur, de l'impression d'être jugée, ou simplement pas attirée par cet univers ?

Nous marchons, et mes pensées se clarifient. J'ai cette chance que nos dialogues soient toujours la source de lumière, en fin de compte.

J'ai eu peur. Peur de cette sensation de prendre du plaisir de façon « anormale ». Et pourtant, je n'aime pas ce concept de normalité. J'ai dû regarder en face mes propres croyances vis à vis de ma sexualité. Il me semblait pourtant avoir fait du chemin. Je m'en veux d'être restée fixée sur des préjugés. Même lorsqu'on prend de la distance avec son schéma de base, on peut quand même se prendre de bonnes claques par la suite.

C'est exactement ce qu'il s'est passé. Une immense claque, que j'ai prise en pleine poire. Juste pour me rappeler que je n'avais pas encore tout déconstruit chez moi, malgré mon expérience, mon ouverture d'esprit, ma bienveillance.

J'ai eu peur du jugement. Du jugement avec un grand J, qui représente tout le monde : Fred, les personnes qui ont assisté à la scène, et moi-même. Je suis la plus sévère des juges, dans toute cette prétendue assemblée.

Il n'y avait pourtant aucune sorte de tribunal, à ce moment-là, dans la pièce. Même si Fred aurait pu être surpris, il n'y aurait pas eu une once de jugement négatif dans son attitude.

Mais la peur se trouve là, bien ancrée, solide, et la découvrir est vertigineux.

Fred me rappelle qu'il se tient là, toujours à mes côtés pour me soutenir. Le jugement ne viendra jamais de lui. Quoi que je décide, il fera avec, ou sans, comme je le souhaite.

Justement, je ne sais pas ce que je souhaite. Il me faut du temps. Ma peur disparue, j'ai besoin de recul pour savoir dans quelle direction je décide d'aller. Et mon Viking, afin d'être sûr de ne pas m'influencer, ne me dira pas son ressenti avant de connaître ma décision.

Ce n'est que bien plus tard que nous aborderons la question soulevée par cette soirée. Comme si, une fois la porte ouverte, il m'était impossible de la refermer.

Le sujet me titille. Après moult délibérations internes, je le remets sur le tapis, sans y croire mes oreilles.

« J'aimerais retenter l'expérience, mais autrement »

Tu me connais un peu, maintenant, alors tu sais à quel point je suis capable de balancer des pavés dans la mare, sans prévenir. Et comme réponse, ce fameux sourire en coin, que j'ai décrit mille fois dans mes nouvelles précédentes, comme s'il savait, avant même que je ne le dise. Cet homme est un genre de Madame Irma, avec une barbe. Ça m'énerve, et ça me plaît, en même temps.

« Moi aussi, j'aimerais qu'on retente, mais je suis d'accord pour le cadre, je crois que c'est un peu trop tôt pour nous ».

Il nous faut donc un autre « lieu d'exploitation ». À la maison, c'est bien mais… on a l'impression de tâtonner, de ne pas savoir dans quel sens partir. Fred a peur de mal s'y prendre, au niveau matériel, nous ne possédons pas grand chose… non, c'est clair, il nous faut de l'aide.

Mais qui ? Comment ?

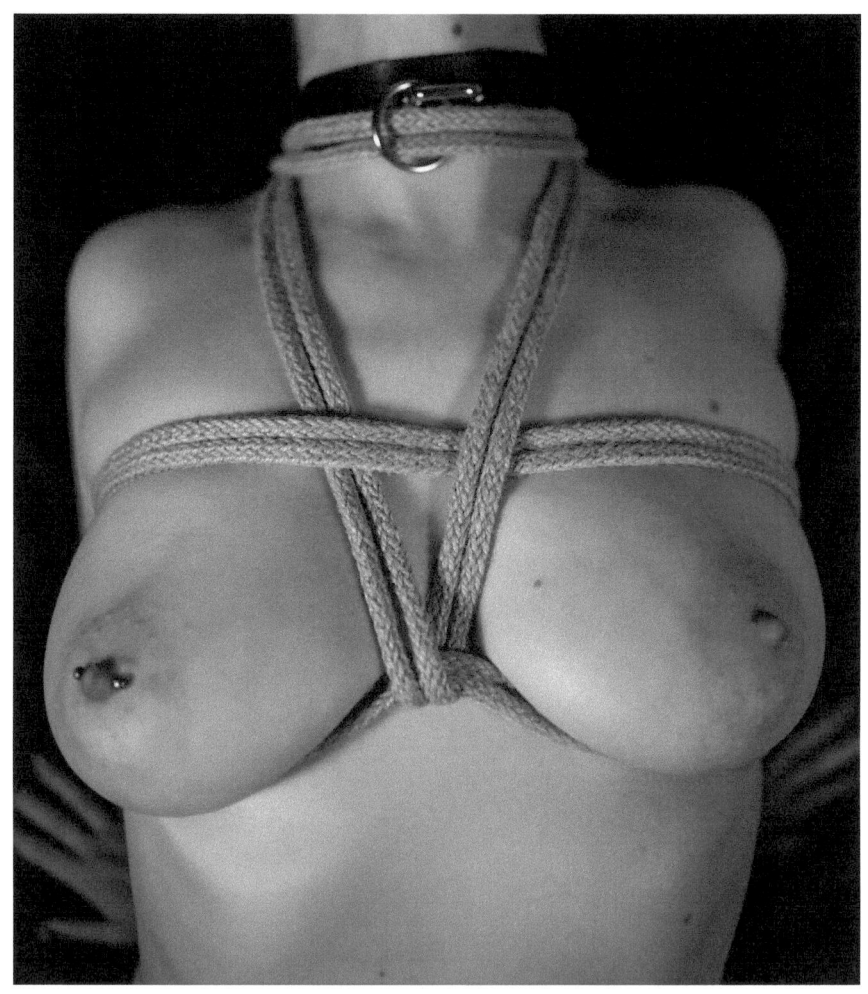

Chapitre 6 : EUX

C'est là que Fred a l'idée de rechercher sur les sites libertins, mais en modifiant nos critères, et en cochant la fameuse case BDSM. Arg. Ça veut dire qu'on assume maintenant.

Certaines étapes restent les mêmes, dont celle d'entamer trente discussions, s'énerver sur le fait que les gens manquent de clarté ou d'honnêteté, s'agacer devant des pseudos spécialistes pédants, songer à balancer son portable par la fenêtre lorsque les hommes seuls s'en mêlent, en proposant de juste me maltraiter…

Et puis, un jour…. Viennent EUX. Sur mes réseaux sociaux, j'avais prévenu que je vous en parlerai un jour. Nous sommes à ce moment précis de ma vie. Au moment où j'écris ces mots, ils ne savent pas qu'ils vont se retrouver dans mon livre, et quelque part j'appréhende leur réaction.

Je ne vais pas tenter de te décrire exactement à quoi ils ressemblent physiquement, parce que ça ne t'apprendrait finalement pas l'essentiel de ce qu'il y a à savoir sur eux. Je vais plutôt te raconter comment s'est passée notre première rencontre.

Le stress est bien évidemment toujours de la partie. Il ne saurait en être autrement. Nous avons rendez-vous chez eux, en centre ville d'une belle commune.

Au fur et à mesure que je monte vers le perchoir où ils résident, mon souffle se fait de plus en plus court. Pas forcément à cause des 4 doubles paliers, d'ailleurs….

La porte, tout au fond du couloir, s'ouvre en grinçant sur une femme élancée et… je n'ai subitement plus d'air.

Son regard a aspiré tout l'oxygène ambiant. Elle pose ses yeux sur moi et instantanément, je me sens mal. Comme si mon âme était jugée par la déesse égyptienne Maât. La balance penche vers le côté où mes entrailles seraient dévorées, et ma résurrection impossible. Charmant.

Elle nous invite à entrer. Je ne sais pas si j'en ai vraiment envie mais je ne me vois absolument pas lui expliquer que je rentrerais bien chez moi, à la seconde.

Après avoir traversé un long couloir, nous nous retrouvons dans un grand salon sous les toits. Elle nous quitte un instant, sans doute pour aller chercher son homme et je surprends mon Viking à regarder tout autour de lui, avec une expression béate sur le visage.

L'endroit est à peine croyable. Je ne peux pas dire si c'est plutôt un studio photo, une galerie d'art, un atelier d'artiste ou un cabinet de curiosité, parce que c'est tout ça à la fois.

La créativité des lieux me foudroie sur place. Ma vie, à cette époque, en est presque dénuée, parce que je ne trouve plus le temps, et que je n'ai plus l'énergie. Me retrouver baignée dans cette entraille de l'inventivité m'électrifie.

J'en oublierais presque le retour de notre hôte et de sa moitié.

Le malaise revient. Nous sommes invités à nous asseoir sur un canapé confortable qui fait face à deux extraordinaires sièges de Cadillac, montés sur un plateau à roulettes.

Ils nous dévisagent, puis Mora entame le service.

Le rire d' Éos vient briser la glace, tandis que Mora effectue un travail de maîtresse de maison remarquable. Attentive, et froide. Fascinante.

Fred, beaucoup moins déstabilisé que moi, les complimente sur la déco et nous apprenons par ce biais qu'ils réalisent absolument tout eux-mêmes.

Mes yeux balaient les étagères, croisant des poupées gothiques, des masques à gaz plus ou moins retravaillés, des autoportraits de Mora, un plastron en cuir monté sur un mannequin de métal sur lequel Éos est en train de travailler…

Je dois sans doute avoir la bouche béante d'admiration parce que je sens comme des picotements sur le visage. Mon regard se porte alors sur Mora, qui m'examine. Ou plutôt, qui perce mon âme. Je crois que son art me touche suffisamment à cet instant pour que je me détende vis à vis de son analyse millimétrique. Je finis par lui adresser un sourire sincère et admiratif. Elle ne bronche pas. Mais j'aime croire qu'une lueur d'amusement passe sur ses iris noisette.

L'une des choses qui me frappe le plus n'est pas leur différence d'âge, mais la nature de leur relation. Mora semble à fleur de peau, capable de passer de la conversation à la colère, en une fraction de seconde. Pourtant, c'est lui qui domine. C'est indéniable. Évident. Lorsqu'elle s'énerve, j'en viens à sentir mes poils se hérisser, alors qu' Éos, placide, l'affuble d'un surnom mièvre en gloussant. Improbable.

Pourtant ils s'aiment, c'est palpable. On comprend pour quelles raisons ils s'accrochent l'un à l'autre, comparé à certains couples que l'on a rencontrés.

Ils sont amoureux de la photo tous les deux. Mora fait des autoportraits et reste la modèle préférée d'Éos, dont l'imagination est foisonnante.

Forcément, ils en viennent à me proposer un shooting. Fred est ravi, lui qui souhaite apprendre, de profiter d'une occasion pareille.

Quant à moi… je ne m'en sens absolument pas capable. Il se trouve que pour notre fiche, sur les réseaux sociaux libertins, nous avons tenté plusieurs fois de faire des shooting photos. J'aimerais dire que ça reste l'une de nos meilleures expériences, mais ce n'est absolument pas le cas.

Entre lui qui s'arrache les poils de barbe, à force de ne pas comprendre comment fonctionne son appareil et moi qui me retient de pleurer devant les résultats, dont je n'arrive à voir que les défauts… on peut dire que ce n'est pas une réussite.

Je crois avoir tout essayé en matière de tenue, pose, maquillage, état d'esprit, couleur de cheveux, rien n'y fait. Le résultat m'apparaît toujours monstrueux, mais comme il faut bien publier quelque chose, je consens à ce que certains « dossiers » fuitent.

Le stress m'envahit alors que nos hôtes me dévisagent, comme Valérie Damidot devant un appartement à rénover . Je pense avoir atteint un sommet, pendant qu'ils discutent de moi, comme si je n'étais pas là . J'en arrive à la limite de la sueur froide quand ils commencent à se disputer sur la tenue.

Éos part du principe qu'un porte jarretelle, c'est un porte jarretelle. Point final. Mora lui saute immédiatement dessus, comme une lionne sur sa proie, lui reprochant de feindre l'ignorance. Taille haute ? Dentelle ? Culotte gainante plutôt ? La férocité dans sa façon de lui répondre me met tellement mal à l'aise, que je prie pour me transformer en miette.

Alors que j'imagine ma vie de petite particule rejoignant le sac de l'aspirateur, Mora se dirige vers moi . Mon heure est arrivée : je vais mentalement décéder dans la seconde.

En grommelant, elle me prend la main et m'emmène dans le coin nuit du loft. Avec une délicatesse de geisha, elle ouvre les tiroirs d'une vieille commode, me laissant entrevoir les trésors qu'ils contiennent.

Tout est chiné dans les brocantes du coin, modifié par ses mains ou laissé tel quel, parce que trop splendide pour ajouter quoi que ce soit.

Des serre taille anciens. Des culottes gainantes des années cinquante. Des bas coutures. Je ne sais plus où regarder.

En farfouillant dans ses affaires, elle trouve un sublime porte-jarretelle en dentelle ajourée, et me le tend. Il est magnifique. Les larmes me montent aux yeux instantanément. Je sais d'avance que je ne peux pas le porter, parce qu'il va montrer ce que j'abhorre chez moi : mon ventre, et sa peau massacrée par les vergetures.

Mes yeux me brûlent: comment refuser de porter une telle beauté ? mais comment ne pas lui dire à quel point ça n'ira pas, que ça n'ira jamais, parce qu'Éos ne joue pas avec Photoshop ?

Je décide d'affronter ce que je refuse de gérer habituellement. Je me déshabille, quasiment la mort dans l'âme, alors qu'elle me regarde faire.

Jamais je ne me retrouve entièrement nue devant une personne étrangère. Je garde toujours un minimum d'un porte-jarretelle ou serre taille.

Chaque vêtement que j'enlève m'arrache ma peau et le peu de contenance qu'il me reste . Une fois nue, j'imagine que c'est foutu. Elle ne voudra jamais toucher ce corps qui n'est pas digne de sa jeunesse et des aspirations qui vont avec.

J'attrape très vite le porte-jarretelle qu'elle me tend. Je peine à le passer, ce qui ajoute encore plus de larmes dans mes yeux qui vont déborder. Je tente de l'ajuster avant de me dire que je n'ai pas le choix et qu'il va falloir que je la regarde pour affronter son jugement.

Elle me détaille, avec une neutralité suisse, et lance juste un NON, avant de farfouiller de nouveau dans ses affaires.

Je reste prostrée, j'attendais une sévérité beaucoup plus cinglante. Il n'y a finalement aucun jugement de valeur, à part celui qui est évident : ce vêtement ne convient pas.

Je retire la petite beauté que je porte, la plie sur le lit et me recroqueville par terre près de Mora.

Je peux sentir la passion qui l'anime lorsqu'elle part à la recherche de la merveille qui conviendra. Sa concentration est à son comble, ses yeux scrutent et la décision tombe. Ce sera une culotte gainante avec des jarretelles qu'elle a elle-même adaptées. Ingénieux.

Je tente d'enfiler la culotte,et je pense au mérite qu'ont ces femmes qui les portent en permanence. C'est un vrai tour de force. Je ne sais pas s'il faut que je retienne ma respiration, comme si je traversais la porte des Etoiles, pour faire franchir aux derniers centimètres de peau l'élastique ultra fort.

Mora me tend un soutien gorge, des bas, et des chaussures de toute beauté. Jamais je n'ai eu l'occasion de porter ce genre de choses, j'ose à peine bouger. Comme le mannequin du salon, j'attends, immobile, le verdict final.

Elle sourit légèrement. Le rouge me monte aux joues. Éos approuve, et Fred me gratifie d'un large sourire .

J'en oublierais presque qu'il manque ma propre approbation. Mora me le rappelle en m'emmenant devant un grand miroir.

Le résultat me saisit à la gorge. Tout ce que je n'aime pas est masqué, galbé, comme enrobé dans un papier cadeau unique. Je ne reconnais plus ce corps que je déteste. Pourquoi n'ai-je pas de larmes ? Après tout, j'aurais pu pleurer de joie, pour une fois. Et bien non. Je reste plantée là.

Éos s'y met immédiatement. Ils habitent un studio photo, donc en deux minutes, les lumières sont installées et l'appareil réglé. Je surprends Fred qui admire bouche bée le ballet d'Éos, ne perdant pas une miette des précieux enseignements.

La suite est beaucoup moins confortable. Éos est un photographe très exigeant. Je me retrouve dans des positions très périlleuses et douloureuses. Je grimace, il me reprend. La seule chose qui me fait tenir, c'est le regard de Fred quand Éos lui montre progressivement les résultats. Ca lui plaît, et j'aime trop la sensation de bonheur que cette séance lui provoque.

On prend finalement la pose avec Mora ; timidement, pour moi, j'ai presque peur du contact, ou de faire une erreur fatale qui déclencherait les mêmes foudres que lorsqu'elle gronde

Éos. Ma sensibilité n'y survivrait sans doute pas. Je ne voudrais pas me retrouver à pleurer devant des inconnus !

Je ne pense à rien d'autre qu'à ma posture et à ne pas enfreindre les limites de l'espace personnel de Mora. C'est idiot, le shooting est en lingerie, et ça se veut plutôt sensuel, mais j'ai l'impression d'avoir le sex appeal d'une mouche, et la délicatesse d'un phacochère. Pile ce qu'il faut.

Pourtant, le résultat est bien au-dessus de ce que j'espérais. Lorsque Éos fait une pause pour charger la carte mémoire sur l'ordinateur, mon regard s'anime instantanément.

C'est surprenant, certes, mais beau. On y voit tout, mais pas ce qui donne du grain à moudre à ma dysmorphophobie. Même une certaine tension sexuelle se ressent dans la photo. Comme l'ensemble de ce qui se trouve dans cet appartement, c'est impossible de rester indifférent. Soit on aime, soit on déteste, mais l'entre deux n'existe pas.

Les garçons commencent à parler technique et je sens une main se glisser dans la mienne. C'est celle de Mora. Je reste figée deux secondes, le temps de réaliser que j'ai peut-être la bouche grande ouverte et le regard du chat dans Shrek. Je remarque que l'expression de son visage a changé . Je ne l'ai pas vu venir, il y a encore deux minutes, nous étions en shooting. Elle arborait ce faciès diablement déconcertant qu'elle a adopté depuis le début.

C'est moi ou… elle me dévore des yeux ? Je n'arrive pas à m'expliquer cette façon qu'elle a d'avoir un regard à la fois glacial et brûlant. Quelque chose chez cette fille rend dingue, comme si l'apparence s'opposait à l'âme.

Pendant qu'elle tire sur ma main pour m'éloigner des hommes, je flotte. Je sais, au fond de moi, que ce que je vais vivre va être radicalement différent de tout ce que j'ai pu ressentir jusqu'alors.

Mon hamster mental se fige, comme s'il avait atterri dans un monticule de pudding . As-tu déjà eu l'occasion dans ta vie de ressentir ça ? Pas le pudding, hein, mais ce moment hors du temps, où tu sens que les choses se mettent à bouger autour de toi dans un sens complètement différent.

Je sens à peine le matelas de leur chambre lorsqu'elle m'installe dessus, à ses côtés. Mon souffle est coupé quand elle se penche vers moi et m'embrasse.

Chapitre 7 : La mélodie du bonheur... de la corde

Il m'aura fallu presque 10 ans pour tenter de trouver les mots sur cette expérience. Et encore, j'ai l'impression de pédaler dans la semoule. Mes émotions, mes souvenirs se mélangent. J'aimerais raconter fidèlement tout ce qu'il s'est passé et tout ce que j'ai pu ressentir...

Elle m'embrasse donc et elle ne ment pas. J'ai réfléchi à cette phrase, et c'est ce que j'ai trouvé de mieux.
C'est l'un des baisers les plus sincères que j'ai pu recevoir d'une femme.

Sa bouche, pendant quelques instants, transmet la vérité la plus douce à la mienne. Elle ne se donne pas en spectacle. Elle a envie d'être là, et de me faire partager son univers tout entier. Elle donnera tout. Sans concession. Sans jugement. Sans peur. Elle a choisi d'être présente à cet instant précis. Voilà le message que ses lèvres envoient aux miennes.

Je reçois ce témoignage comme un véritable cadeau, même si à l'époque, je ne l'interprète pas encore de cette façon.

Alors qu'elle m'embrasse encore, j'entends derrière moi :

« Elles sont canon, hein ? »

C'est Éos, qui se rince l'œil et qui s'adresse à Fred. Pendant que je glousse comme une étudiante, il attrape Mora par les fesses et lui assène une monstrueuse claque qui résonne jusque dans les poutres des combles. Elle gémit de plaisir.

À froid, ça me semble un peu abrupt, mais bon, pour l'instant, ça ne me regarde pas, et heureusement, parce que je ne suis pas certaine de pouvoir encaisser quelque chose d'aussi fort !

« Putain, j'ai envie de la ficeler… attrape les cordes, bébé. »

Mora se lève immédiatement, farfouille dans un tiroir et tend à Éos un petit paquet.

Il me fait signe d'avancer vers lui, et me dit :
« Tu vas être superbe avec ça ».

Il déroule tranquillement ses cordes. Mora se dirige vers Fred et ils commencent à se chauffer mutuellement. J'avoue qu'Éos me terrorise un peu mais, par je ne sais quel procédé, je me tiens tranquille et lève les mains pour les placer sur ma tête, à la seconde même où il me le demande.

Éos approche les cordes de mon buste, et fait un premier tour juste au-dessus de ma poitrine, en serrant fort. Le chanvre mord ma peau pour la première fois. Je ne peux pas décrire cette sensation, entre le picotement et la gratouille, qui me fait me tortiller, et balance, dans un éclat de rire:

« Ca pique, n'est ce pas ? Et encore, celle-là, je l'ai passé à la machine avec de l'adoucissant. Sinon, c'est encore pire »

Il continue son ballet technique autour de moi. Les cordes s'enroulent, se chevauchent, glissent, pour finalement se nouer en un incroyable bustier qui fait ressortir mes seins. Et je respire encore.
Fred semble fasciné par la démonstration, tout en câlinant Mora .

Il semble qu' Éos a fini, parce qu'il me positionne sur le lit et regarde Mora comme pour lui dire « voilà, elle est prête ».

Fred me dévore des yeux. Un instant, je me figure que c'est parce que je ressemble à un rôti de bœuf, bien ficelé, avec seulement les pommes de terre manquantes.

Mais c'était sans prendre l'avis de Mora, que je n'ai pas vu foncer sur moi, avec une paire de gants en latex. Soit j'ai été téléportée dans une cuisine extraterrestre où les protagonistes se sont attribués les peaux des gens que j'aime, soit… je ne sais pas ce qui va m'arriver.

Pour une raison qui m'est inconnue, je ne bronche pas. Je ne pense même pas. Je laisse l'expérience me… traverser. Et finalement, c'est le meilleur mot que je pouvais choisir.

Mora est douce et torride à la fois. Le feu et la glace réunis en un seul être. Elle est de ceux pour lesquels on dit que l'expression « chaque être humain est unique » est vraie.

Elle est unique. Et elle sait parfaitement ce qu'elle est en train de faire.

Sentir sa chevelure platine contre mes joues quand elle m'embrasse, puis sur mes seins lorsqu'elle descend progressivement plus bas, n'est plus si anodin avec les cordes qui m'enserrent tout le haut du corps. Chaque effleurement, chaque caresse, a une saveur inconnue jusqu'alors, comme parsemée de picotements. La peur d'être oppressée ne me traverse pas l'esprit, parce que je suis trop concentrée sur les milliers de sensations qui me sont proposées.

La rencontre de sa bouche avec mon clitoris sort de l'ordinaire. J'aimerais décrire ce qu'elle fait, mais je n'en ai aucune idée. Tout ce que je sais, c'est qu'elle le réalise avec une grande dextérité. Mon cerveau déconnecté n'accepte de recevoir des messages que de bien-être et d'excitation.

Ses doigts fondent en moi merveilleusement. Je n'y avais pas pensé, mais les gants montrent un respect implacable de l'hygiène et du confort de la partenaire. C'est trop souvent médicalisé, mais j'ai apprécié, sans une seule fois me faire la blague « eh on est chez le gynéco ».

Je me laisse porter par la magie chorégraphiée de ses doigts... Elle se redresse, et me sourit, pour la première fois depuis le début. Son sourire m'irradie, non seulement parce que sa beauté rayonne, mais aussi parce que je sais qu'il est sincère. Je regarde plus bas et je m'aperçois qu'elle a entré toute sa main en moi ! Je n'en reviens pas… C'est assez vertigineux et je me demande comment elle a réussi avec une telle aisance !

De sa main magique, elle me fait vivre un vrai ascenseur émotionnel. Je ne boude pas mon plaisir, mais bien vite, mon côté « justice » reprend le dessus, et je me dis qu'il serait peut-être temps que je m'occupe de ma partenaire.

Les garçons n'en perdent pas une miette. Je repousse Mora doucement, elle me comprend instantanément et retire ses gants. Je m'allonge sur elle, et profite de son parfum. Sa peau est très douce, je ne me lasse pas d'en explorer chaque centimètre carré. J'entends l'appareil photo se déclencher derrière moi, les garçons en profitent pour immortaliser l'instant.

Il me prend l'idée de glisser contre elle, pour lui faire sentir les cordes, et mes seins tendus par elles. Elle apprécie en se tortillant sous mon corps. Je me dirige lentement et absolument pas sûrement vers son entrejambe.

C'est ce moment précis que choisit mon stupide hamster pour se manifester. « Maintenant qu'elle a bien montré ses talents sur toi, essaie de faire mieux, jeune Padawan ! ». Oui, mon hamster a aussi vu Star Wars. Et il imite très mal Obi Wan Kenobi. Au fur et à mesure que je descends de plus en plus bas, mon hamster rit de plus en plus fort, avec ce cri perçant qui me casse les oreilles de l'intérieur.

Pourquoi a-t-on forcément encore plus peur de mal faire quand la personne fait bien ? Comme si son échelle d'exigence allait être beaucoup plus élevée.

Allez, c'est le moment : langue ou doigt, choisir son arme, c'est montrer son âme. Je choisis la méthode douce. La langue, parce que l'expérience m'a appris que les doigts ne rentrent pas si facilement chez tout le monde. Et que, si elle n'aimait pas se faire lécher, elle me l'aurait dit avant même que je ne commence à descendre vers son intimité.

Premier coup de langue. Elle gémit. Wow, ça c'est du rapide, tu as vu ça, espèce de rongeur débile, tu couines beaucoup moins, maintenant !

Je me sens comme… Lancelot à la conquête de Guenièvre, fière et pleine d'espoir.

J'intensifie alors mon coup de langue, ses gémissements augmentent d'une façon… imprévue. J'ai un doute . Mais, enfin, comment peut-on avoir un doute à ce moment là ? Est-ce que c'est… trop intense?J'ai vraiment peur que ça le soit. Elle se tortille dans tous les sens, parfois passe sa main dans mes cheveux, sa voix grave recouvre la musique de fond, et moi, je me demande si son clitoris n'est pas hyper sensible.

Il l'est. Et c'est la première fois que j'en fais l'expérience. Chaque mouvement doit être dosé très justement, et il se suffit à lui-même. Nul besoin de rajouter des doigts. Le bout de ma langue, à lui seul, suffit à déclencher des tornades d'émotions chez Mora. Et elle ne se retient absolument pas.

J'admire cette absence de filtre. Le hamster se tait, sans doute dérouté par les réactions de cette partenaire bien singulière. Elle jouit sans retenue et je serais sans doute restée bouche bée, si je n'étais pas occupée.

Le dernier coup de langue après la fin de sa jouissance est de trop ; elle sursaute d'un coup, et m'arrête.

Je n'ai pas le temps d'être fière de moi ; Éos a bien l'intention de m'attraper, tout de suite. Je ne peux pas interpréter son regard autrement. Bizarrement, je ne me sens pas comme une proie facile, une petite antilope fragile. Il me désire, mais avec une lueur différente des morts de faim qui traînent parfois en club. Il me désire comme si j'étais la personne la plus désirable.

Je devrais m'inquiéter mais je n'en fais rien. Il m'attrape par les hanches et me rapproche de son corps en tirant d'un coup. Un de ses doigts fond en moi, tandis qu'une claque résonne sur mes fesses. Je reste figée, alors que la chaleur se répand. Répondre, et dire quoi ? Aïe ? Non, ridicule. C'est juste l'effet de la surprise et surtout… de l'ego.

Mon ego farouchement opposé à n'être considérée que comme un objet de désir. Me voilà face à une situation BDSM assez typique du genre, et je ne sais absolument pas quoi faire avec ça.

Après avoir reçu cette fessée, je crois encore que la femme forte, entrepreneure, entreprenante, féministe, ne peut pas cohabiter avec une femme soumise, docile, voire même ravie de devenir un objet sexuel.

C'est pourtant exactement ce qu'il va se passer, parce qu' Éos n'en a rien à faire de mes considérations. Il laisse juste s'exprimer sa personnalité, en me tenant fermement l'arrière train.

J'entends le bruit d'une capote qu'on pose, puis le voilà en moi… savourant ce moment. Je le sais, parce qu'il l'exprime clairement, sans filtre, exactement comme Mora.

Il me prend profondément en levrette, avec fougue, mais sans pour autant me faire mal, ce qui est une rareté. On sent une grande expérience, une maîtrise du geste et de son intensité.

Puisque je suis rassurée sur le fait qu'il ne va pas me casser en deux, j'en profite pour regarder mon homme.

Mon Viking, j'en suis quasiment certaine, n'en mène pas large ; mais il ne montre strictement rien. Quelque part, j'imagine que Mora l'impressionne un peu, parce qu'elle est mon opposé. Sa beauté froide, sa propension à dire et faire exactement ce qu'elle a envie, peut perturber n'importe quel homme. Mais je ne suis pas inquiète, parce que mon Viking prend naturellement le dessus.

Ces réflexions me feraient presque rire intérieurement si je n'étais pas en train de me faire pilonner.

Leah, pourquoi tu penses toujours à des choses improbables ? C'est promis, je n'invente rien… Parfois, ma voix intérieure se tait, mais comme tu as pu le lire (si bien évidemment tu as lu les précédents tomes!), c'est très rare. Et encore, ici, je ne te raconte pas les nombreuses expériences où je me suis carrément surprise en train de passer le générique de Benny Hill dans ma tête… si, si, pendant une partie de sexe !

Mes sensations me ramènent à la réalité. Fred assure avec Mora, qui se révèle beaucoup plus tendre avec lui que ce que j'avais prévu. Elle ne cherche pas la douceur, elle l'a dit. Malheureusement pour elle, elle se trouve entre les mains d'un être qui y incite.

J'aurai l'occasion de voir ces changements chez des partenaires féminines différentes, plus tard, mais ça, c'est une autre histoire…

Elle exulte, visiblement. Je suis fière de prêter mon homme à Mora, afin qu'elle profite d'un point de vue complètement différent de ce qu'elle vit habituellement.

Elle est plutôt… croqueuse d'homme. Mais en mode prédatrice redoutable, qu'il faut dompter, de la bonne façon. Il faut savoir y faire avec elle, ce n'est pas si facile. Une once de mièvrerie, et tu dégages. Un mensonge ? De la vantardise ? Tu dégages aussi. Et en général, la queue entre les jambes. Cette femme est la déesse égyptienne Maât en personne, l'incarnation de la justice. Elle pèse ton âme, et tu atterris soit dans le Champs des Roseaux, paisible, soit dans l'enclos des crocodiles, pour y être dévoré.

Et je vois Maât en train de fondre comme neige au soleil. À cet instant, elle ressemble à un chaton doux et joueur qui se transforme en rugissante tigresse, lorsque Fred arrive à lui extirper un orgasme clitoridien intense . C'est très beau.

Éos me relève et m'emmène de l'autre côté de l'appartement . Ce n'est pas vraiment dans nos habitudes avec Fred, mais ça reste le même espace, à portée de voix. Et il semble extrêmement occupé avec Mora, donc… je le suis. Éos décide de me prendre sur le canapé, et c'est très agréable, mais ça ne suffira pas à me provoquer un orgasme. Pas cette fois-ci.

Trop nouveau, trop de stimulation, de réflexion, un peu d'appréhension… difficile de se laisser aller, même quand son partenaire fait tout pour.

Ce n'est que plus tard, lorsque nous nous revoyons pour la troisième ou quatrième fois (ma mémoire flanche), que je savourerai un délicieux orgasme.

Et là, accroche toi, parce qu'on va monter encore d'un cran dans l'échelle du hot.

Chapitre 8: Testeuse de banc

Nous nous sommes retrouvés un soir afin de tester la nouvelle installation fabriquée par Éos. D'apparence, l'objet est une valisette, capitonnée légèrement de l'extérieur. De la taille d'un petit banc pour attacher ses chaussures. Il gît dans un coin de la pièce, de façon tout à fait banale. Et pourtant, en le dépliant en deux clac, il se transforme en banc à fessée.

Ce type est un génie. C'est ce que je me dis avant de me retrouver ficelée dessus avec des sangles savamment planquées dedans.

Il se révèle beaucoup plus agréable que la sensation que j'en avais en le voyant. Éos, dans sa grande mansuétude et surtout son côté pratique, a prévu de la mousse de très bonne qualité pour amortir les appuis des bras et des jambes.

Ils rigolent ensemble de me voir attachée ainsi... je crois reconnaître le rire de Diabolo, Satanas et... Satanas, puisque je ne sais plus comment s'appellent les autres protagonistes de ce stupide dessin animé.

Je suis littéralement offerte, à la vue de tous, puisque comme d'habitude, j'ai mis une robe très courte, sans sous-vêtement. Et ça glousse. Ça se bidonne.

Je n'aurais pas dû montrer de signe d'impatience, parce que la sanction arrive immédiatement. Un coup de badine fait maison s'abat sur mon séant, m'arrachant un cri de surprise. La douleur est largement supportable, mais je n'ai pas vu le coup venir.

Éos se moque : « c'est de la plinthe, c'est cool, non ? »

Cool ? Ca dépend, est-ce que tu as l'intention d'utiliser ce truc sur mon derrière toute la soirée ou Mora va se dévouer, elle aussi ?

Je fanfaronne trop. Deuxième coup sur l'autre fesse, pour équilibrer, semble t'il. Mora sourit, presque sadiquement. Je pense qu'il vont s'y mettre à deux. Voir à trois. Mais de quelle façon ?

Je me sens soudainement ravagée par la peur, même si je sais que Fred s'interposera s'il sent que quelque chose ne va pas. Cela ne m'empêche pas de me mettre en mode « défense » ; mes muscles se tendent, ma respiration est plus rapide, mon coeur bat beaucoup trop fort et je sens que ma sueur ne va pas tarder à créer une petite flaque au sol.

Est ce à ça que doit s'attendre quelqu'un en position de soumission ? Je l'ignore. Je ne me sens pas appartenir à ce monde vu notre expérience de la dernière fois. Pendant que je me pose ces questions, les gants de Mora claquent d'un coup. Son doigté va avoir raison de ma résistance, je le sais déjà.

Ce que je ne sais pas encore, en revanche, c'est à quel point l'alternance de son doigté et des fessées bien senties d' Éos et Fred va déclencher des sensations… incroyables. Chacune des frappes rajoute une excitation supplémentaire. Pourquoi ? Je n'en sais rien . Je pense que c'est comme demander à quelqu'un pourquoi il préfère les brocolis aux frites. Ca paraît irrationnel, mais ça existe .

Je savoure les sensations ; ils mettent à mal mes idées reçues et même mon amour propre car, finalement, c'est de ça qu'on parle, de l'ego. Passé le ressenti d'être considérée comme un objet, il ne reste que le plaisir d'être au centre de toutes les attentions. C'est un fait . Je suis le centre de leur monde. Ils veillent tous à mon plaisir et mon bien-être, ainsi qu'à la découverte de moi-même. C'est bien plus que ce que j'avais pu imaginer.

Je ne pourrais pas décrire ce qui a déclenché l'orgasme terrible qui m'a secouée ; les mains expertes de Mora, la maîtrise des coups d'Éos, le regard joueur et excité de Fred… comme dans un tableau, chaque coup de pinceau est important, mais il n'y a que le tout, pris dans son ensemble, qui révèle la qualité de la peinture.

Je crois que la raison pour laquelle j'ai pu profiter de tout ça, c'est que je n'ai pas d'idée reçue. Je ne me sens pas appartenir au monde BDSM dont je ne connais rien, avec l'étiquette « soumise » placardée, sous forme de collier.

Cette expérience, finalement, m'aura appris une affinité avec les pratiques. Mora et Éos m'auront réconciliée avec ce domaine, et je ne suis d'ailleurs pas sûre de le leur avoir dit, ni qu'ils en aient eu conscience.

C'est une autre histoire d'évoluer vraiment dans ce monde, puis de l'assumer. Une autre soirée va davantage me plonger dans cet univers aux codes étranges….

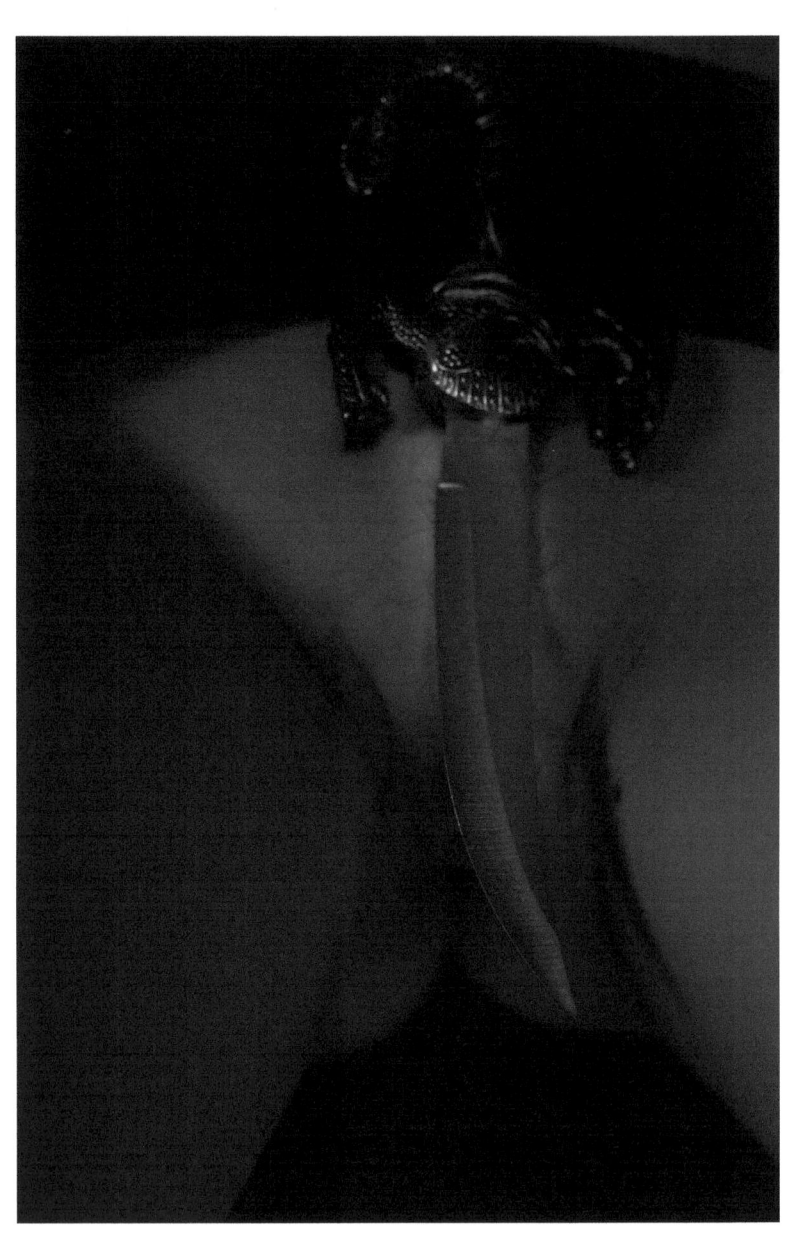

Chapitre 9: Les secrets de Paris

Bien plus tard, nous sommes tombés sur l'affiche d'une soirée privée , sur le site libertin.

« Soirée BDSM dans le huitième arrondissement de Paris, cadre prestigieux. Novices acceptés, mais au fait des codes BDSM. Thème vestimentaire : années 20. Places limitées, contact en mp. »

Instantanément, de petites diodes s'allument dans notre cerveau. Une soirée BDSM sans dress code vinyle ou latex, c'est assez original. Fred envoie un message aux organisateurs.

Après s'être assurés que nous n'allions pas être choqués au point de devoir appeler les pompiers pour une réanimation, les hôtes nous informent que la soirée va se passer dans une rue perpendiculaire aux Champs Elysées. Nous sommes priés de ramener deux bouteilles de champagne, et il est hors de question que ce soit du bas de gamme.

On n'en revient pas nous-mêmes d'avoir accepté et pris le rendez- vous un mois plus tard, mais la curiosité est trop forte. On a l'impression qu'on est invité avec le gratin des soirées BDSM, le haut du panier, les Nadine de Rothschild du fouet, le couple royal de la badine. On se pavanerait presque.

Pour plus de commodité, on se rend en scooter à l'adresse indiquée. Je te vois venir, oui c'est une mauvaise idée, mais le taxi est hors de prix et les métros fermés entre 2h et 5 heures. Alors certes, on prie pour que le champagne n'ait pas été trop secoué par les nombreux pavés qui ont jalonné notre route et on se satisfait de se dire que, même si on franchit les portes de la haute société, on sait garder notre... simplicité.

Simplicité mise à mal, lorsqu'on tombe sur la porte d'entrée d'un immeuble haussmannien, immense, avec un nombre impressionnant de plaques professionnelles, collées près d'un digicode. C'est un cabinet d'avocats. Notre croisement de regard met un coup de projecteur sur notre pensée commune ; mais qu'est-ce qu'on va faire là-dedans ?

Je me surprends à imaginer un cabinet américain, avec des lampes vertes et des bureaux énormes, des tonnes de paperasse juste dégagées pour nous permettre de nous amuser sur les sièges Louis XV... j'aime l'idée. Pendant que Fred tapote sur le digicode, je me dis que c'est extrêmement malin, cet endroit. Un cabinet désert à cette heure ci, un samedi, quoique... dans les séries américaines, les avocats travaillent toujours à des heures indues, alors qui sait si on ne va pas en croiser un dans les couloirs ou même, peut-être que c'est l'un d'entre eux qui a organisé la soirée !!

La porte s'ouvre sur un hall immense, qui va avec l'immeuble. Marbre, rampe lustrée, luminaire fastueux... j'aimerais visiter, mais c'est au rez de chaussée qu'il faut sonner.

Le bruit fait sortir notre hôtesse de l'appartement. Cette femme, sans doute trentenaire, nous invite à entrer en laissant derrière elle le doux parfum sans doute hors de prix qui va avec sa magnifique tenue d'époque.

Sa robe à franges scintille et grésille, alors qu'elle fait claquer ses talons contre le parquet (non, ça ne peut pas VRAIMENT être un parquet Versailles ????) et nous emmène dans l'immense premier salon.

Nous avons le souffle coupé. Je ne sens même pas qu'un convive nous débarrasse de nos deux bouteilles de champagne et de nos manteaux. Il faut dire que je n'en ai rien à cirer non plus, parce que je suis trop occupée à admirer la déco.

Ce n'est pas un cabinet d'avocat, mais un antre décorée à l'ancienne, avec quelques particularités BDSM.

Je n'observe pas de regard déshabillant, alors que j'apprécie les détails du buffet très fourni, la hauteur admirable des plafonds et… la cage en acier qui trône au milieu de la pièce. Elle est vide, enfin pour le moment. Ça ne m'étonnerait pas que cette jeune femme, debout, entièrement nue et tenue en laisse, y fasse un petit séjour dans quelques minutes.

Je suis tirée de ma rêverie par nos hôtes qui viennent se présenter à nous. Ils sont trois, deux hommes et une femme. Nous notons que l'un des hommes et la jeune femme forment le couple qui nous a parlé sur le réseau libertin. Ils s'éclipsent rapidement afin de retourner au buffet, pour servir les convives.

Nous restons donc avec le troisième, qui nous invite à faire le tour du propriétaire en sa compagnie.
Avec un joli accent anglophone, il nous dirige vers le couloir de l'entrée en racontant qu'il est australien. Le long du couloir, sa voix rythme nos exclamations internes qui n'en finissent pas.

En nous expliquant qu'il aime tellement la France qu'il y passe six mois par an, nous entrons dans une chambre aux couleurs fanées, comme sur une ancienne photo. Un grand lit en fer forgé est bordé d'une multitude de petits détails que je ne manque pas de relever. Un vieux livre posé sur une table de chevet en bois patiné, une cruche à eau en céramique, un paravent écru, des draps en tergal comme chez la grand-mère, des tableaux… Il a voulu créer un lieu « typiquement français », avec le cachet de l'ancien, parce qu'il n'y a rien, selon lui, de plus sacrilège que de meubler un appartement de ce genre avec du mobilier Ikéa.

Lorsque je lui demande si cet endroit lui appartient, il me répond qu'il l'a acheté exprès pour faire des soirées BDSM à l'intérieur. Il ne connaît pas ce monde, mais en apprécie chaque manifestation, et a voulu dépenser le prix astronomique de ce logement, en y ajoutant un demi million d'euros de travaux, pour assurer un écrin sécuritaire et confortable à la communauté. Rien que ça. Je serais tombée à la renverse si nous n'étions pas déjà en train de marcher jusqu'à la cuisine (sans grand intérêt) et le deuxième salon.

Les bras m'en tombent. C'est littéralement le Disneyland du BDSM. Le propriétaire du lieu s'appuie sur les barreaux de la gigantesque cage d'acier qui englobe les deux tiers de la pièce. Il est visiblement très fier de l'effet produit. Il l'a voulue sur mesure, afin de pouvoir y suspendre n'importe quoi ou… n'importe qui.

Fred lorgne déjà sur la collection impressionnante de paddles, cravaches et fouets, rangés sur des crochets. Une quarantaine d'exemplaires de chaque type est exposée, triée par ordre de grandeur, sur le mur le plus long de l'appartement. Et de ce que je peux en voir, ce n'est pas de la pacotille. En cuir véritable de haute qualité, avec des clous étincelants, chaque accessoire est en parfait état, prêt à être utilisé sur les fesses du ou de la dévoué.e soumis.e qui s'allongera sur le splendide banc.

Il est moins ingénieux et plus ostentatoire que le banc pliable d'Éos, mais tout aussi confortable. Je teste rapidement la mousse en passant à côté, avant de retourner, avec notre hôte , dans le premier salon.

La visite est terminée, et c'est le souffle coupé, que nous remercions le quinquagénaire pour la visite, et pour la coupe qu'il nous tend.

Je me laisse tomber dans un canapé libre. Nous trinquons et buvons une large lampée de notre verre, avant que je ne prenne la parole :

« - Cet endroit, c'est… du délire.

- Oui, c'est incroyable. Le fric que ce type a mis là dedans… juste pour s'amuser !

- Tu crois qu'il pratique ? Je n'ai pas compris ça, moi…

- Pas sûr. Mais si c'est le cas, il est soumis. C'est certain. »

Je glousse. J'espère le voir apparaître en tenue de soubrette pour servir le champagne, avec des talons indécents, et un maquillage vulgaire, pour finalement se faire enfermer dans la cage en face de nous…

Mais ce n'est pas lui qui va y entrer . Un meilleur candidat, un très grand monsieur, très fin, encagoulé et menotté, se plie en autant de morceaux que possible pour faire tenir sa hauteur dans cette cage, qui semble à présent… minuscule.

Je n'ose pas rire, parce que je risque de me retrouver, moi aussi, enfermée à la vue de tous, . Notre spectacle est perturbé un instant par notre hôtesse qui nous apporte quelques canapés, que nous accueillons avec plaisir. Le champagne est exceptionnel, mais ça reste de l'alcool ; sans rien dans le ventre, ça a le même effet que la pire piquette du supermarché !

Les convives s'animent . Un maître fait faire quelques pas à sa soumise, à quatre pattes. Il s'arrête au milieu du salon, elle se positionne immédiatement à genoux et il lui glisse quelques mots à l'oreille. La jeune femme baisse les yeux et reprend sa démarche vers le fauteuil à coté de nous. L'homme qui occupe ce siège se penche vers la jeune femme, le temps d'un bref échange, puis se cale à nouveau au fond du fauteuil, afin que la soumise lui dégrafe son pantalon, et entreprenne une fellation très appliquée.

Le maître regarde et apprécie, avec un sourire en coin. Je crois qu'il aime la savoir offerte à ce point. La soumise accélère le mouvement et s'applique encore plus. Le but assumé est de faire jouir cet homme, ce qu'elle réussit. Il se retire et la soumise offre ses seins en guise de toile, que l'homme peint généreusement, et avec précision .

Elle se retourne alors vers son maître, dégoulinante, et obtient un franc sourire de sa part. Elle se dirige à quatre pattes vers lui, tandis qu'il attrape une serviette et la lui tend. Elle s'essuie consciencieusement avant de se blottir contre sa jambe, la main de son maître dans ses cheveux, en guise de gratification.

C'est alors qu'avance vers eux un autre couple, le maître tenant sa soumise en laisse.

Les deux hommes se font face, semblent discuter rapidement, puis l'un deux tire sur la laisse d'un coup sec, envoyant le signal d'attaque à sa soumise. Elle s'approche doucement de son homologue, et commence à lui lécher les seins, comme si elle voulait enlever les dernières traces de sperme. Les deux maîtres s'écartent pour admirer le spectacle, comme tous les convives, d'ailleurs.

Un très beau moment a lieu devant nos yeux. Le léchage se transforme en baisers tendres, sensuels, et… très humides. Malgré tout, le doute subsiste dans mon esprit. Est-ce pour exciter leur maître respectif ? Ou est-ce vraiment de la tendresse partagée ? J'apprécie ce moment, bien évidemment, mais ce doute, qui s'accroche, nuit à mon plaisir.

Alors que je laisse mes pensées vagabonder entre instant présent, consentement et condition de soumise, Fred se rappelle à mon bon souvenir et me lance :

« Et si on allait faire un tour ? »

Chapitre 10: Garder une trace

Je suis mariée à un Viking très curieux et hyperactif. Rester au spectacle c'est bien, mais aller voir ailleurs, c'est mieux.

Nous nous dirigeons donc dans le couloir puis dans la chambre. Un couple profite du lit, tandis qu'un homme est attaché aux pieds de celui-ci, avec une expression indéchiffrable.

J'aimerais pouvoir rentrer dans son esprit afin de savoir exactement quel sentiment le traverse, et quel est son lien avec le couple qui batifole joyeusement dans le lit auquel il est attaché. De là où il se trouve, il ne peut pas voir grand-chose. Mais s'il n'a pas de problème d'audition, il peut largement entendre la femme gémir. Est-ce la sienne ? Est-ce plutôt sa maîtresse ? Sa condition actuelle est-elle une récompense, ou une punition ?

Mon esprit bouillonne, devant cette forme d'acceptation admirable. Mais peut-être qu'il ne pense rien, et se trouve en état de méditation avancée.

J'ai toujours tendance à croire qu'il se passe autant de choses dans mon cerveau que dans ceux de mes congénères. Mais certains ne pensent strictement à rien, ce qui est pour moi une profonde énigme.

Fred n'a pas l'air très passionné par ce qu'il regarde. Sans doute parce qu'esthétiquement, la scène n'est pas complètement à son goût. Et j'aime croire qu'il préfère quand c'est moi qui suis au centre…

Les yeux de mon grand blond s'animent d'un coup :

« Et si on allait dans l'autre pièce ? »
Oui, le deuxième salon. Avec la collection complète de matériel d'impact dedans. Allons y, Alonzo, comme dirait le dixième Docteur. C'est de circonstance parce que cette pièce représente un saut dans l'inconnu.

La première fois avait sans doute été trop rapide, et notre hôte trop prolixe, parce que je n'avais pas remarqué certains détails sur les accessoires. Il y a certes les grands classiques du genre, mais aussi de vraies armes de destruction massive, comme un fouet gigantesque, et un martinet avec des pics.

« On est d'accord que, pour certains trucs, c'est non, n'est ce pas ? » lui lancé-je, comme une bouteille à la mer.

C'est pas vrai. Il a osé. Il me répond avec son petit sourire en coin de Lutin de Cornouailles diabolique. Je déteste ça. Même après toutes ces années passées à ses côtés, j'ai quand même un doute.
Il le sait très bien. Il s'assoit sur un banc matelassé, et m'invite à m'asseoir à côté de lui.

« Tu sais très bien que, jamais de la vie, je ne dépasserai les limites que tu fixes. J'ai envie que tu t'amuses. Que tu découvres des choses. Pas que tu souffres inutilement. »
Oui, je le sais. Mais j'avoue, tout ça me fait un peu peur. Et finalement, je ne sais pas de quoi j'ai le plus peur. De ne pas aimer ou, au contraire, de trop aimer…

« Est-ce que tu as envie de tester, du coup ? » me susurre t'il à l'oreille .

Je lui réponds timidement par l'affirmative, avant qu'il ne me prenne dans ses bras. J'aime quand il m'entoure comme ça… comme s'il avait des ailes immenses.

Puis il me glisse un « mets toi à l'aise, et prends place sur le banc. Je ne t'attacherai pas. Je veux que tu me dises stop si c'est trop douloureux ou que tu ne t'amuses plus, et j'arrêterai immédiatement. »

Je sais qu'il va prendre soin de moi. Je commence à comprendre l'une des règles fondamentales de cet univers. La confiance. Le don de soi absolu. Pouvoir s'en remettre à quelqu'un sans crainte d'une quelconque exploitation.

Ce n'est pas une démonstration de force. C'est un pacte. Et tandis que je m'installe sur le banc, en petite tenue, je sais qu'il n'abusera de rien. Il testera sa force, son engagement, et je testerai ma résistance, et mes envies. C'est assez confortable finalement, si on évite de penser au côté où ça peut faire mal. Ne pas prendre de décision, pour quelqu'un comme moi qui a toujours du mal à choisir, c'est très… reposant.

Ca ne veut pas dire que je n'ai pas peur, mais de toutes les fois où on s'est retrouvés à explorer notre attirance pour le BDSM, je crois que c'est celle où je l'ai peu ressenti. Je suis plutôt impatiente de savoir ce qu'il va tester sur moi, et l'effet que cela va produire.

Le premier coup de paddle arrive sur ces entrefaites. Il semble assez petit, vu la zone de chaleur que je ressens sur la fesse. J'essaie de deviner lequel il a choisi. Je tourne ma tête pour voir son visage, que je devine arborant un sourire coquin et ravi. C'est le cas, et il se marre même , en me montrant l'instrument ; un petit paddle avec un coeur au milieu. C'est tellement chou que je ris aussi et je battrais presque des mains, si je ne me faisais pas un point d'honneur à respecter la position initiale.

Et ensuite lequel, lequel, LEQUEL ? Comme une fan de mode chez Louis Vuitton, équipée d'un énorme chèque cadeau à dépenser.

Il enchaîne, par ordre de grandeur, les accessoires sur mes fesses, tout en faisant alterner les coups avec les caresses, de plus en plus appuyées. Au départ, je suis quasiment sûre qu'il cherche presque à « vérifier » l'effet que produit l'usage des accessoires.

Oui, penchons-nous un peu là-dessus… C'est diablement étrange de penser qu'on peut éprouver du plaisir ainsi. J'attends chaque coup, ou absence de coup, avec frénésie. Mes pensées sont vides, entièrement dirigées vers l'attente de la prochaine étape, puis du déclenchement de l'émotion qui va avec… c'est peut-être ça, l'effet de l'adrénaline. Mais c'est tellement rare, quand aucune succession tumultueuse de pensées ne se présente dans mon esprit…

L'impact mord mes fesses sans ménagement. Chaque fois, la chaleur se répand jusque dans le haut de mes cuisses, et chaque fois, comme une réponse logique, le creux de mon être répond avec une humidité toujours plus forte.

Comment est-ce possible ? Il n'y a rien à comprendre. Le plaisir ne s'analyse pas, il se provoque, il se vit. Et en ce moment même, celui qui donne et celle qui reçoit sont accordés à la perfection, même si c'est pour jouer une mélodie que personne n'entend.

Nous n'avons d'ailleurs pas de spectateurs. Ou peu. Et mon plaisir ne vient pas de là. Je le ressens au plus profond de moi, même lorsque ses doigts viennent encore attiser mon désir. Ma décharge d'adrénaline surpuissante est due à ce cocktail détonant. C'est parce que le coup est accompagné de cette soumission volontaire et de stimuli sexuels, qu'il est excitant.

Et je pense que dans l'esprit de Fred, il se passe exactement la même chose. Savoir que je suis sienne, que ma confiance en lui est totale, et de me déclencher une jouissance nouvelle dont il est seul responsable, provoque une sacrée bosse dans son pantalon.

Je découvre aussi à cet instant que je ne veux être la soumise de personne d'autre. Qu'on partage des choses avec Mora et Éos, soit ; il me tarde d'ailleurs de les revoir. Mais je suis certaine que je ne veux dépasser mes limites qu'avec Lui.

Au fur et à mesure qu'il m'emmène vers le premier orgasme de ma soirée, je pressens que ce style de vie fera partie de nous, d'une façon ou d'une autre. Ce que nous vivons, alors que je ne retiens plus le feu qui brûle mes entrailles, est vrai, et fort.

Ça ne se substitue pas à tout le reste. Je suis toujours un être humain avec sa propre identité, ce que je ne suis pas prête à abandonner.

Et je crois que finalement, c'est en cela que le monde BDSM est profondément incompris. Ce qui semble être un illogisme énorme pour certains, s'apparente en fait à un contraste pour les autres. Je n'aime pas cette référence, mais c'est une nuance de gris. Et le parallélisme avec le film s'arrêtera là, promis !

Fred arbore un sourire plus que satisfait. Il admire mes fesses ardentes, et la petite flaque qui s'est formée entre mes cuisses.

Il s'approche de moi, porte une main vers mon front pour y enlever une mèche, et murmure :

« Je suis incroyablement fier de toi. J'ai envie de rentrer, pour profiter de toi confortablement... »

Il passe une main sous mon épaule. Je me relève doucement, un peu étourdie par mes émotions, et lui tombe dans les bras. J'en profite pour lui glisser « allons nous en... vite. »

Nous prenons congé de nos hôtes. Ce n'est pas long, ils sont occupés, en pleine démonstration de shibari. Dans le couloir, nous rions aux éclats comme si nous faisions le mur.

Fred détache le scooter, je m'accroche comme un koala à son dos, profitant de l'air frais que nous offre la prise de vitesse.

En tournant sur les Champs Elysées, un sourire s'accroche à mes lèvres... jusqu'à ce que le scooter saute à chaque pavé. Mes fesses claquent contre la sellerie et là... la douleur se déclenche. Celle que j'avais attendue pendant la soirée, et qui s'est transformée en orgasme ! Mais dans ce contexte, ça n'a plus rien à voir...

Nos ébats m'ont coupé les jambes ; c'est ballot, parce que j'aurais bien aimé prendre appui sur les marche pieds pour éviter la douleur.

Non, mais cette bestiole n'a aucun amortisseur ?! Et nous n'avons pas le choix, les routes pavées jalonnent le chemin du retour... je hais ce genre de tradition stupide, le bitume, c'est bien plus cool! Sauf que les nids de poule du bois de Vincennes ne me font pas du bien non plus... Très bien, le bitume aussi, c'est nul!

Je ne peux pourtant m'empêcher de rire à mes propres réflexions. La gêne, pourtant bien présente, ne suffit pas à gâcher le plaisir de ma découverte. J'ai hâte de rentrer pour pouvoir observer de plus près ce qu'il se passe sur la peau de mes fesses.

J'ai mis Fred au courant, lorsque nous avons garé notre engin de la mort, et lui aussi presse le pas, pour satisfaire notre curiosité.

Une fois dans la salle de bain, je relève ma robe et il aspire immédiatement un « Oh » stupéfait.
Je regarde dans le miroir, et je découvre… des fesses de schtroumpfette. Sur le deux roues, j'avais mal, mais je ne m'attendais pas à voir des bleus géants les recouvrir.

« Je suis allé un peu trop fort, je crois... »

« Non, je t'assure. Je sentais les coups, mais j'aurais crié si ça avait été trop... »

Il me prend dans ses bras. Et de là, naît un sentiment totalement inconnu jusqu'alors. Ca peut paraître incongru, mais j'ai ressenti… de la fierté.

Je ne peux pas expliquer pourquoi, ni comment, mais je ressens une fierté immense, accentuée encore par le désir que je lis dans ses yeux, lorsqu'il me porte vers la chambre. Pressée contre lui, je sens son désir brûlant, et je me satisfais d'en être à l'origine.

Il ne prend pas la peine de me déshabiller, et il a déjà retiré une bonne partie de ses vêtements dans la salle de bain. Sans tergiverser davantage, il entre son membre gonflé d'un coup, m'arrachant un soupir de plaisir. Je le regarde dans les yeux pendant qu'il me pénètre jusqu'à la garde, et reste là, un moment. J'en ai le souffle coupé. La tension est à son comble, je sens mon périnée se resserrer autour de lui. Je sais qu'il aime cette sensation. Mais je ne veux pas trop en jouer, pour ne pas précipiter la jouissance.

Il se met à onduler lentement en moi. Qu'il est beau, quand il exprime toute sa puissance, en jouant un coup avec sa force, un coup avec sa sensibilité. Cette façon de me prendre, lentement mais sûrement, me rend folle. Je lui donne un baiser vorace, lui arrachant presque la lèvre inférieure. Il se redresse légèrement et sourit. Avec le genre de sourire diabolique que j'ai si souvent décrit. Sa réponse est immédiate. Il me donne un coup de rein plus fort. Je sursaute. C'est horriblement bon. Il recommence, avec application, pour déclencher mes gémissements, augmente le rythme, et sourit encore lorsqu'il sent mes ongles se planter dans ses fesses.

Je serre mon étreinte au maximum. Il est hors de question qu'il éloigne son membre d'un millimètre hors de mon antre en fusion. Il va me faire jouir, encore, et je veux qu'il sente cet orgasme de l'intérieur. Je veux qu'il sache à quel point je suis sienne, et comme ça m'excite de découvrir de nouvelles façons d'épanouir notre sexualité ensemble.
Je veux que son corps se fonde dans le mien. Maintenant. Mes ongles se plantent une dernière fois dans ses pectoraux, avant que je ne sois fauchée par un deuxième orgasme violent.

Il explose également en moi à cet instant, et tombe sur le côté, essoufflé par l'effort. Je me blottis contre lui, épuisée, tendre, et sienne à jamais.

Aucun mot ne semble nécessaire. La communion de nos esprits égale celle de nos corps. Et c'est délicieux.

Epilogue

Ici s'achève ce livre ; mais pas notre expérience du BDSM. Je ne raconte que le début, et si le sujet t'intéresse, il va te falloir attendre un moment, parce que la suite n'est pas prête d'être racontée. C'est encore trop récent. J'aime avoir le temps de revenir tranquillement sur les faits pour les interpréter. En ce qui concerne le libertinage, j'ai largement le temps de décortiquer chaque seconde, puisque parfois je commence à le faire avant même que l'expérience ne soit terminée. Mais pour ce qui concerne le BDSM, mon cerveau est comme... débranché. Lorsqu'il se reconnecte, parfois le poids des conventions sociales s'abat un peu trop fort, malgré la beauté de nos instants, sur ces expériences hors du commun.

Malgré tous mes efforts, je suis encore extrêmement sensible à ce que pense mon prochain de moi. C'est une mauvaise habitude, qui m'empêche souvent de vivre simplement les choses que j'ai envie de vivre.

Je ne suis même pas à l'aise avec mon propre regard. Ma condition de soumise. Les contradictions entre le fait d'être cheffe d'entreprise, avoir un caractère parfois pas facile, et accepter de se laisser dominer . Arriver à retirer de la fierté d'avoir dépassé ses propres limites.

Même si j'ai eu l'occasion de passer de l'autre côté, et de jouer la domina à certaines occasions, ce qui me stimule le plus est d'offrir ma soumission à mon Viking, sans que ça ne devienne une nécessité à chaque fois.

Plus le temps passe, et plus je me rends compte que la nécessité réside dans le lâcher prise que m'offre ma soumission.

Le lâcher prise, pour certains, s'effectue naturellement. Pour moi, la plupart du temps, c'est un luxe inaccessible. Mon hamster mental ne prend jamais de vacances, sauf dans des moments comme celui-ci.

Je ne parviens pas encore à l'accepter, ce « besoin ». Parce qu' il n'entre pas dans les conditionnements moraux normaux.
Pourtant, tout le monde s'accorde à dire « normal n'existe pas », mais le harcèlement existe toujours. La stigmatisation sur les réseaux sociaux aussi. Et le suicide des gens qui ne rentrent pas dans le moule.
J'ai beau être ouverte d'esprit, je ne suis pas à l'aise avec le fait d'assumer ma soumission. Comme si c'était une tare qui, une fois acceptée, pouvait être vue et critiquée par n'importe qui. Cette peur est encore, à l'heure actuelle, toujours bien ancrée.

Pourtant, je ne considère pas les soumis comme des tarés. C'est affreux de réaliser que, si je ne le tolère pas de moi-même ; alors par transitivité, je ne le tolère pas vraiment des autres. Ou alors je mens quelque part. Je crois que nous nous confrontons tous à des illogismes similaires au cours de nos vies.

Le fait d'écrire mes aventures et de les rendre publiques m'expose beaucoup plus difficilement que ce que je pensais. Surtout avec ce tome. Il constitue une vraie révélation de mes profonds secrets. Peut-être le début de la véritable acceptation de Soi… Je le souhaite de tout coeur .

Et parce que, lorsqu'un bateau fait naufrage, il n'embarque pas que le capitaine, je tiens à remercier Fred, Mora et Éos; pour la place incroyable que vous tenez dans ma vie. J'espère avoir décrit, dans ce livre, la pureté de vos âmes, et avoir mené ainsi la vie dure aux clichés de base.

Les rencontres extraordinaires jalonnent mon chemin libertin, je me trouve chanceuse. J'espère juste que le chemin est encore très long…

FIN

Remerciements

À Lody, bêta lectrice et amie. Merci pour ton soutien.

À Dick Sainte Cécile, collègue et bêta lecteur. J'apprends énormément grâce à toi.

À Mora et Eos, vous n'étiez pas au courant de la sortie de ce livre, et j'espère que ce que j'y ai écrit vous rappellera de bons souvenirs. Vous me manquez profondément.

À mon Viking. Tu sais déjà tout.

À vous, mes lecteurs et lectrices. Merci de me suivre.

Et dernière note. À moi-même, pour avoir écrit la nouvelle la plus difficile (pour le moment), et la partager. Je suis fière de cette aventure, et j'espère relever ce défi encore et encore.

© 2023 Leah Fairlie
Édition : BoD - Books on Demand, info@bod.fr
Impression : BoD – Books on Demand,
In de Tarpen 42, Norderstedt (Allemagne)
Impression à la demande
ISBN : 978-2-3225-0548-7
Dépôt légal : Novembre 2023

FSC
www.fsc.org

MIXTE

Papier issu
de sources
responsables
Paper from
responsible sources

FSC® C105338